J. J. ROUSSEAU

YALNIZ ADAMIN HAYALLERİ

YALNIZ ADAMIN HAYALLERİ

J. J. ROUSSEAU

GENEL YAYIN YÖNETMENİ: TANIL YAŞAR
ÇEVİRMEN: ERSİN YILDIRIM
İÇ TASARIM: ADEM ŞENEL
KAPAK TASARIM: SELMA TÜRHAN
BASKI-CİLT: MELİSA MATBAASI

1. BASKI / TEMMUZ 2012

Yayıncı Sertifika No: 11389
ISBN 978-975-254-445-1

Melisa Matbaası
Çiftehavuzlar Yolu Acar Sitesi No:4
Davutpaşa/İstanbul Tel: (0212) 674 97 23 Sertifika No: 12088

Neden Kitap Yayıncılık Hizmetleri San. Tic. Ltd. Şti.
İncirli Cad. Akyüz İş Hanı No:1/D
Bakırköy / İstanbul
Tel: 0212 572 07 10 Fax: 0212 572 07 40
www.nedenkitap.com info@nedenkitap.com
http://www.facebook.com/nedenkitap
Sipariş İçin:
0533 818 31 76

J. J. ROUSSEAU

YALNIZ ADAMIN HAYALLERİ

Neden?

İÇİNDEKİLER

BİRİNCİ GEZİNTİ

Uzun düşlerimi yazdığım derlemeye daha yeni başladım ama şimdiden sonuna geldiğimi hissediyorum. Başka bir eğlence onun yerini alıyor, bütün zamanımı alıyor ve düş kurmaya bile zaman bırakmıyor. Kendimi bu işe öyle saçmalık derecesine varan bir zevkle verdim ki; düşündükçe kendi kendime gülüyorum fakat yine o zevki duymaya devam ediyorsam, şimdi içinde bulunduğum durumda, her konuda sınır tanımadan eğilimlerime uymaktan başka bir davranış kuralım olmadığındandır. Kaderime karşı çıkamam. Sadece masum eğilimlerim var ve insanların hiçbir yargısının bundan sonra benim için önemi olmadığından akıl şunu emrediyor; gerek toplum içinde, gerekse özel yaşamımda olsun, isteklerimden başka kural tanımadan, hoşuma gideni yapmam ve bende, güç adına ne kaldıysa onun getirdiği sınırlar dışında sınır tanımam. İşte böylece gıda olarak otlarımla, meşgale olarak bitkibilimle baş başa kaldım. İsviçre'de, Dr. d'Ivernois'dan ilk bilgileri aldığımda, artık yaşlıydım; yolculuklarım sırasında bitki âlemiyle ilgili yeterince bilgi edinmemi sağlayacak kadar ot toplamıştım fakat altmışımı geçip, Paris'e yerleştiğimde uzun bitkibilim gezilerine çıkmak için gücümü yitirmeye başlamıştım ve besteleri kopya etmek işi başka bir uğraşa yer bırakmadığından, artık bana gerekmeyen bu eğlenceden vazgeçtim. Ot koleksiyonumu ve kitaplarımı sattım. Ara sıra Paris civarında yaptığım gezilerde rastladığım sıradan bitkileri yeniden görmek beni mutlu ediyordu. Bu süre zarfında, bildiğim azıcık bilgiler belleğimden, hemen hemen oraya kazındığından çok daha çabuk silindi.

İşte, altmış beş yaşımı geçtikten sonra, zayıflamış belleğimi ve kalan gücümü de yitirmiş olarak, rehbersiz, kitapsız, bahçesiz ve ot koleksiyonum olmadan, birdenbire, ilk seferkinden daha büyük bir arzuyla, kendimi bu çılgınlığa yeniden kaptırdım; şimdi büyük bir ciddiyetle Murray'ın Regnum Vegetabile adlı eserini ezberleme ve yeryüzünde bilinen bütün bitkileri tanıma işine el atmış bulunmaktayım. Bitkibilim kitaplarını tekrar satın alacak durumda olmadığımdan, ödünç verilen kitapları kopya etmeye koyuldum ve eskisinden daha zengin bir ot koleksiyonu oluşturmaya karar verdim. Buraya bütün deniz bitkilerini, Alpler'de yetişen bitkileri ve Hindistan'daki ağaçları koymayı umarak, farekulağı, frenkmaydanozu, hodan ve kuşotu gibi ucuz olanlarla başladım; kuşlarımın kafesinden bile bir bilgin gibi ot topluyorum ve rastladığım her yeni ot filizinde büyük bir memnuniyetle, "İşte bir bitki daha," diyorum.

Keyfime göre davranma kararımı haklı göstermeye çalışmayacağım ama içinde bulunduğum durumda kendimi hoşlandığım işlerle oyalamanın büyük bir akıllılık, hatta bir erdem olduğuna emin olduğum için, bu kararı çok makul buluyorum. Bu, yüreğimde herhangi bir intikam ve kin tohumunun kök salmasına engel olmanın bir yoludur ve hayatımda herhangi bir eğlenceden hâlâ zevk alabilmem için, öfke uyandıran tüm tutkulardan arınmış bir huya sahip olmam gerekir. Bu, bana işkence edenlerden intikam alma yöntemimdir ve onlara rağmen mutlu olmam, onlara verebileceğim en korkunç cezadır.

Evet, kuşkusuz mantık bana, beni çeken ve izlememe hiçbir şeyin engel olmadığı her eğilime uymama izin vermekte, hatta bunu emretmektedir; fakat bu eğilimin neden bana çekici geldiğini, hiçbir ilerleme kaydetmeyen ve hiçbir faydası olmayan boş bir araştırmanın nesinde çekicilik bulduğumun ve zayıf, ağırkanlı, zihinsel yetenekleri azalmış, belleği güçsüz, hiçbir işe yaramayan yaşlı birini, gençlikte yapılan çalışmalara ve bir okul çocuğunun derslerine kimin tekrar yönlendirdiğinin yanıtını veremez. Oysa bu, kendi kendime açıklamak istediğim bir tuhaflık; sanıyorum ki, bu iyice aydınlatıldığı takdirde ömrümün son boş zamanlarını adadığım, kendimi tanıma konusuna bir açıklık getirebilir.

Zaman zaman oldukça derin düşüncelere daldım ama bundan nadiren hoşlandığım gibi, hemen hemen her zaman istemeyerek, adeta zorla düşünüyordum. Düş kurmak beni dinlendirir ve eğlendirir; oysa düşünmek beni yorar ve hüzünlendirir. Bazen düşlerim düşüncelerle son bulur fakat daha çok düşüncelerim düşlerle sona erer ve bu sırada ruhum, bütün zevkleri aşan bir vecde dalarak, hayal gücünün kanatları üzerinde, tüm evrende süzülerek dolaşır.

Bunun bütün safiyetiyle tadını çıkardığım sürece, başka herhangi bir uğraş bana her zaman yavan gelmiştir. Ama dış etkilerle edebiyat hayatına atıldıktan sonra, düşünerek çalışmanın yorgunluğunu ve mutsuzluk getiren bir şöhretin verdiği bıkkınlığı hissedince, o tatlı düşlerim de canlılığını yitirip sönükleşti. Ve bir süre sonra istemeden bu hüzün verici durumumla ilgilenmek zorunda kaldığımda, elli yıl boyunca servetin ve şöhretin yerini tutan ve zamanımdan başka hiçbir harcama gerektirmeyen aylak bir hayatın içindeyken beni ölümlülerin en mutlusu yapan o değerli vecdlerime pek seyrek kavuşabilir oldum.

Hatta yaşadığım felaketlerden ürkmüş olan hayal gücümün, düşlerimi de bu korkularla doldurmasından ve sürekli hissettiğim acıların, sonunda beni ağırlıkları ile ezmesinden korkuyordum. Bu durumdayken, kendime özgü bir içgüdü, beni bütün bu üzücü düşüncelerden uzaklaştırarak, hayal gücümüzü susturdu ve dikkatimi etrafımdaki cisimlere yoğunlaştırarak, o güne kadar sadece bir bütün olarak seyrettiğim doğayı, ilk defa tüm ayrıntılarıyla görmemi sağladı.

Ağaçlar, çalılıklar, bitkiler yeryüzünün giysisi ve süsüdür. Hiçbir şey, sadece taşların, kumun ve çamurun göründüğü çıplak ve çorak bir kırdan daha hüzünlü değildir. Oysa, doğanın hayat verdiği, kuş sesleri ve akarsuların ortasında düğün giysilerini giymiş olan toprak, insana, bu üç unsurun ahengi içinde hayat, cazibe ve güzellikle dolu bir âlem gösterir ki; bu, gözlerle gönüllerin hiç bıkmadığı bir âlemdir.

Seyreden kişinin ruhu ne kadar hassas ise, bu ahengin büyüsüne o oranda kapılır. O zaman tatlı ve derin bir düş, tüm duygularını ele geçirir ve o, kendisiyle özdeşleştiğini hissettiği bu güzel sistemin sınırsızlığı içinde tatlı bir sarhoşluk ile kendinden geçer. O andan itibaren ayrı ayrı fark edilen bütün özel nesneler gözünden kaçar ve her şeyi ancak bir bütün içinde hisseder. Tamamen kucaklamaya uğraştığı evreni parça parça inceleyebilmesi için düşüncelerini daraltan ve hayal gücünü sınırlayan olağanüstü bir olay gerekir.

Sıkıntıyla daralan yüreğim, gittikçe içine düştüğüm çöküntü içerisinde, derece derece buharlaşmaya ve sönmeye yüz tutan sıcaklık kalıntılarını korumaya çalıştığında, bana da doğal olarak böyle oldu. Acılarımın depreşeceği korkusuyla düşünmeye cesaret edemeden, amaçsızca dağlarda ve ormanlarda dolanıp duruyordum; acı veren konulardan kaçınan hayal gücüm, duygularımı, çevremdeki nesnelerin hafif ve tatlı etkilerine terk ediyordu. Gözlerim durmadan bu nesnelerin birinden diğerine geziniyordu ve bu kadar bol çeşidin içinde onların daha fazla dikkatini çekip, daha uzun süre oyalanmasını sağlayan nesnelerin bulunmaması imkânsızdı.

Mutsuzluğumun içindeyken, insana acılarını bir an için unutturarak, onu dinlendiren, eğlendiren, zihni oyalayan bu göz eğlencesinden hoşlandım. Nesnelerin niteliklerinin bu eğlenceye katkıları büyüktür, onu daha cazip hale getirirler. Çok hoş kokular, canlı renkler, en zarif şekiller ilgimizi çekmek için adeta yarışırlar. Kendini bu kadar tatlı bir duyguya kaptırmak için zevk almayı bilmek yeterlidir ve şayet bu duyguya maruz kalan herkeste aynı etki görülmüyorsa, bu, bazılarında doğal duyarlılığın eksik olmasından ve birçoğunun başka düşüncelerle fazlasıyla dolu olan zihinlerinin, duygularını etkileyen nesnelere şöyle bir bakmakla yetinmesindendir.

Zevk sahibi insanların bitki dünyasına olan ilgisini azaltmaya katkısı olan bir şey daha var ki; o da bitkileri sadece birer uyuşturucu ve ilaç olarak görme alışkanlığıdır. Théophraste bu konuyu başka türlü ele aldığından, bu filozofa antik çağın tek bitkibilimcisi olarak bakılabilir. Üstelik neredeyse hiç tanınmamaktadır fakat çok önemli bir eczacı olan Dioscorides adında biri ve onu yorumlayanlar sayesinde tıp, ilaca dönüştürülmüş bitkilere öylesine el koydu ki; artık bitkilerde, bazı kişilerin onlara vermekten hoşlandığı sözde faziletlerden başka bir şey göremiyoruz. Bitkilerin oluşumunun, kendilerine özgü özellikleri ile dikkate değer olabileceği düşünülmüyor; ömürlerini hayvan kabuklarını bilgiççe sınıflandırmakla geçiren insanlar, özelliklerin incelenmesi dedikleri şeyi kapsamadığı sürece, bitkibilim ile faydasız bir incelemeymiş gibi alay ederler. Yani, onlara göre, hiç yalan söylemeyen ve bütün bunlardan bahsetmeyen doğayı incelemekten vazgeçip; yalancı olan, söylediklerine inanmamız gerektiğini iddia eden ve bu söyledikleri de çoğunlukla başkalarının düşüncelerine dayanan insanların sözlerini kabul etmemiz gerekmektedir. Bir çayırı renk renk süsleyen çiçekleri birer birer incelemek üzere duraklAdığınızda, bunu yaptığınızı görenler, sizi cerrah çırağı sanarak, çocuklarının kaşıntısını, insanların uyuzunu veya atların ruam hastalığını iyileştirecek otlar isterler.

Diğer ülkelerde ve özellikle İngiltere'de, bitkibilimini, eczacılık okulundan biraz olsun çıkararak, ona, doğanın tarihi ve ticari alandaki yerini tekrar kazandıran Linnaeus sayesinde bu iğrenç önyargı kısmen ortadan kalkmıştır ama yüksek tabaka arasında bu bilimin pek itibar görmediği Fransa'da, bu konuya o kadar yabancı kalınmıştır ki; kültürlü bir Parisli, Londra'da, bir meraklının nadir ağaçlarla ve bitkilerle dolu bahçesini gördüğünde beğenisini ortaya koymak için, "İşte eczacılar için nefis bir bahçe!" diye haykırmıştır. Bu hesaba göre, ilk eczacı Adem olmuştur. Çünkü, Cennet Bahçesi'nden daha zengin bir bitki örtüsüne sahip hiçbir bahçe düşünülemez.

Bu tıbbî görüşler, herhalde bitkibilimini sevdirecek konumda değildir; çünkü bu fikirler rengarenk çayırları, çiçeklerin ihtişamını soldurur, korulukların canlılığını yok eder, yeşilliği ve gölgelikleri tatsız, yavan ve can sıkıcı yapar; bütün bu çekici ve sevimli manzara her şeyi bir havanın içinde öğütmekten başka bir şey düşünmeyen birinin pek fazla umurunda değildir. Çoban kızlarının başına takılacak taçlar, lavman otlarından yapılacak değil ya!..

Bütün bu eczane malzemesi benim kırlarla ilgili düşüncelerimi lekeleyemiyorlardı; çünkü düşünce dünyam bitki özlerinden ve yakılardan çok uzaktı. Kırları, bağları, ormanları ve oralarda yaşayan kalabalık canlı topluluğunu yakından incelediğimde; sık sık, bitkiler âleminin Tanrı tarafından insana ve hayvanlara verilmiş olan bir gıda deposu olduğunu düşündüm. Fakat burada ilaç ve ecza malzemesi aramak hiç aklıma gelmedi. Doğanın çeşitli ürünlerinde, onların bu amaçla kullanılacağını gösteren hiçbir şey görmüyorum ve eğer doğa bunun yapılmasını isteseydi, yenilebilir bitkilerde yaptığı gibi bu seçimini bize belirtirdi. Hatta bunlar bana ateş, böbrek taşı, gut ve sara gibi hastalıkları hatırlatsaydı, ormanları dolaşmaktan aldığım zevkin zehir olacağını hissediyorum. Ne var ki bitkilere atfedilen büyük erdemlerin tartışmasını yapacak değilim; yalnız, bu erdemlerin gerçek olduğunu kabul edersek, buna karşı olmak hastalara kötülük yapmaktır. Çünkü insanlara musallat olan hastalıklar içinde yirmi çeşit otun kökünden iyileştirmediği bir tanesi bile bulunmaz.

Her şeyi daima kendi maddî çıkarımıza bağlayan, her şeyde çıkar ve ilaç arayan ve hep sağlıklı olduğumuz takdirde doğaya karşı ilgisiz olmamıza neden olacak bu düşünce tarzını benimsemem asla söz konusu olamaz. Bu konuda kendimi diğer insanlara tamamen zıt hissediyorum. İhtiyaçlarımla ilgili hissettiğim her şey beni üzer, aklımı karıştırır, bedensel ihtiyaçlarımı gözardı etmeden, zihinsel zevklerden gerçek anlamda bir tat alamam. Tıbba inansam ve bu ilaçları hoş bulsam bile, bu, bana yine de doğayı saf ve hiçbir çıkar kaygısı olmadan seyretmenin verdiği zevki veremezdi ve ruhum, bedenimin ihtiyaçlarına bağlı kaldıkça, kendinden geçemez, kanatlanıp doğa üstünde uçamazdı. Bunun dışında, tıbba hiçbir zaman fazla güven duymamakla birlikte, değer verip sevdiğim bedenime istediklerini yapmaları için tam yetki verdiğim doktorlarıma güveniyordum. On beş yıllık tecrübe, bana zarar verse de, beni epey eğitti, sonunda sadece doğanın kanunlarına uyarak tekrar eski sağlığıma kavuştum. Doktorların benden yana hiçbir şikâyetleri olmamasına rağmen, benden nefret etmelerinde şaşacak ne var? Ben bütün sanatlarının boşluğunun ve yaptıkları tedavinin gereksizliğinin canlı bir kanıtı değil miyim?

Hayır, nefsimin yararına olan, kişisel denilebilecek hiçbir şey ruhuma gerçekten sahip olamaz. Sadece kendimi unuttuğum anlarda en tatlı düşlere dalarım; varlıklar sistemi içinde erimekte, bütün doğa ile özdeşleşmekte anlatılamaz coşkulara kapılıp, kendimden geçerim. İnsanlar kardeşim olduğu sürece dünyevi mutluluklar tasarlardım; bu tasarılar bir 'bütün'e bağlı olduklarına göre, herkes mutlu oldukça mutlu olabilirdim. Ancak kardeşlerimin, kendi mutluluklarını benim sefaletimde aradıklarını gördüğümden beri bana özel bir mutluluk fikri kalbime işlemiştir. İşte o zaman onlardan nefret etmemek için, onlardan kaçmak gerekti ve hepimizin ortak annesine sığınarak, kollarının arasında çocuklarının darbelerinden korunmaya çalıştım; yapayalnız bir insan veya onların deyişiyle insanlardan kaçan, insan düşmanı biri oldum; çünkü en korkunç yalnızlık, bana, ihanet ve kinle beslenen kötü bir toplumsal yaşamdan daha tercih edilir göründü.

İstemediğim halde mutsuzluklarımı düşünme korkusuyla düşünmekten kaçınmaya, bunca endişenin sonunda yıldırmayı başarabileceği neşeli ama yorgun düş gücümün artıklarını korumaya zorlanan ben; onlara karşı hırçınlaşırım korkusuyla, aşağılama ve hakaretleriyle beni bunaltanları unutmaya çabalamaya zorlanan ben, tamamıyla içime kapanamam; çünkü ruhum, çekilme ihtiyacıma rağmen, varlığını ve hassasiyetini başka mahlûklara yaymak ister. Üstelik eskisi gibi kendimi doğanın o engin okyanusuna balıklama atamaz oldum; çünkü zayıf düşmüş ve gevşemiş melekelerim, sıkı sıkı bağlanmak için yeterince kararlı, yeterince belirgin, yeterince erişebileceğim konular bulamıyor ve kendimi eski coşkularımın karmaşasında yüzecek güçte hissetmiyorum. Artık fikirlerim birer duyumdan başka bir şey olmadığı gibi, kavrayışım da etrafımı çeviren nesneninkini geçmiyor.

İnsanlardan kaçarak, yalnızlığı arayarak, artık hayal gücüm işlemez olmakla birlikte, daha az düşünerek yaşıyordum ama aynı zamanda beni uyuşuk ve içine kapanık bir duygusuzluktan uzak tutan canlı bir yapıya sahip olduğumdan, beni çevreleyen her şeyle ilgilinmeye başladım ve doğal bir içgüdüyle tercihimi daha hoş olan konulardan yana kullandım. Madenler âleminin sevimli ve çekici olan hiçbir tarafı yoktur. Bu âlemin toprağın bağrında saklı olan zenginlikleri, sanki insanları suça teşvik etmemeleri için, gözlerden uzak tutulmuştur. Bunlar orada, günü gelince insanın elinin altında olan ve ahlâkı bozuldukça zevk alamadığı gerçek zenginliklerin yerini almak için yedekte beklerler. O zaman, kendisini sefaletten kurtarması için insanın, endüstriyi, zahmeti ve çalışmayı yardıma çağırması gerekecektir; hayatı pahasına ve sağlığını tehlikeye atarak toprağın derinliklerini karıştırır ve yararlanmayı bildiği müddetçe toprağın kendiliğinden sunacağı gerçek değerler yerine, hayali değerler arar. Artık görmeye layık olmadığı, güneşten ve gün ışığından kaçar, kendisini diri diri toprağa gömer ve bunu yapmakla iyi eder; çünkü artık gün ışığında yaşamayı hak etmiyordur. Orada, kırlardaki çalışmanın tatlı görüntülerinin yerini taş ocakları, kuyular, demirci ocakları, fırınlar, örs ve çekiç takımları, duman ve ateş alır. Maden ocaklarının zehirli buharları içinde çürüyen zavallıların solgun yüzleri, kararmış demirciler, gudubet canavarlar toprağın derinliklerinin sunduğu görüntülerdir ve yeşillikler, çiçekler, masmavi gökyüzü, âşık çobanlar ve gürbüz çiftçilerle dolu yeryüzü görüntülerinin yerini alırlar.

İtiraf ediyorum ki; dolaşırken kum ve taşları toplayarak, bunlarla ceplerini ve çalışma odasını doldurmak ve bununla kendine doğabilimci süsü vermek kolaydır. Fakat bu tür koleksiyonları yapmaya kalkışıp, bunda inat edenler; genellikle kendilerini sergileme hazzını arayan zengin cahillerdir. Minerallerin incelenmesinden yararlanabilmek için, kimyacı veya fizikçi olmak gerekir. Zor ve masraflı deneyler yapmak, laboratuvarlarda çalışmak, kömürler, potalar, fırınlar, imbikler arasında, boğucu duman ve buharlar içerisinde, çoğu zaman sağlığını ve her zaman hayatını tehlikeye atıp, çok para ve zaman harcamak gerekir. Bütün bu üzücü ve yorucu çalışmadan çıkan sonuç, bilgiden çok, kendini beğenmişliktir ve en basit bir kimyacının bile, kendi konusunda tesadüfen birkaç önemsiz buluş yaptı diye doğanın tüm sırlarını çözdüğüne inanması nerede görülmüştür?

Hayvanlar âlemi bize daha uygundur ve doğal olarak da incelenmeyi daha çok hak eder. Ama sonuçta bu incelemenin de kendine göre zorlukları, sıkıntıları, bıktırıcı yanları, güçlükleri yok mudur? Özellikle de gerek eğlencelerinde, gerekse çalışmalarında kimseden bir şey beklemeyen yalnız biri için. Rüzgârdan hafif, insanlardan güçlü olan ve benim peşlerinden koşup, zorla incelemeye meraklı olduğum kadar gelip, kendilerini bana sunmaya istekli olmayan havadaki kuşları, sudaki balıkları, dört ayaklıları nasıl gözlemeli, kesip biçmeli, incelemeli, tanımalı? Demek ki, malzeme olarak sadece salyangozlarım, solucanlarım, sineklerim olacaktı ve ben ömrümü, kelebeklerin peşinde nefes nefese koşmak, zavallı sinekleri kazığa geçirmek, yakalayabildiğim fareleri veya bulduğum ölü hayvanları kesip biçmekle geçirecektim. Anatomi olmadan hayvanların incelenmesinin bir anlamı yoktur; onları sınıflandırmayı, türlerini ve cinslerini ayırt etmeyi anatomi sayesinde öğreniriz. Onları yaşam tarzları ve karakterleri açısından incelemek için, kuşhanelere, balık havuzlarına, kafeslere sahip olmak gerekiyordu; onları bir şekilde etrafımda toplanıp kalmaya zorlamalıydım. Onları tutsak etmek için ne isteğim ne de imkânım vardı; özgür olduklarında ise hızlarına uyup, onları takip edecek gücüm yoktu. Öyleyse onları ölü olarak incelemek, parçalamak, kemiklerini ayırmak, seğiren iç organlarını derinlemesine araştırmak gerekiyordu. Anatomik bir çalışmanın yapıldığı yer ne korkunçtur. Kokuşmuş cesetler, içi dışına çıkmış, morarmış etler, kanlar, iğrenç bağırsaklar, korkunç iskeletler, veba bulaştıran buharlar! Jean-Jacques'ın eğlenceyi arayacı yer burası değildir, bu konuda sözüme güvenebilirsiniz.

Parlak çiçekler, renk renk çayırlar, serin gölgelikler, dereler, korular, yeşillikler... Gelin, bütün bu çirkin nesnelerle kirlenen hayal gücümü arındırın. Bütün büyük etkilere kayıtsız kalan ruhum, ancak beni duygulandıran nesnelerle ilgileniyor. Artık duyulardan başka bir şeyim yok, bu dünyada üzüntü ve keyif ancak onların aracılığıyla bana ulaşabiliyor. Beni çevreleyen güzel cisimlere kapılıp onları dikkatle izliyor, zevkle seyrediyor, karşılaştırıyor, sonunda onları sınıflandırmayı öğreniyorum ve birden, doğayı sevmek için durmadan yeni nedenler arayıp bulmak üzere doğayı incelemeye ihtiyaç duyan biri kadar bitkibilimci oluyorum.

Asla kendimi eğitmeye çalışmıyorum. Bunun için artık çok geç. Zaten bunca bilimin, insanı hayatta mutlu etmeye yaradığını da hiç görmedim. Ben kendime, sadece zahmetsizce zevk alabileceğim ve beni dertlerimden uzaklaştıracak, hoş ve basit eğlenceler arıyorum. Ottan ota, bitkiden bitkiye kayıtsızca dolaşarak onları incelemek, değişik özelliklerini karşılaştırmak, ilişkilerini ve farklarını belirlemek, sonuç olarak canlı varlıkların işleyişlerini ve sırlarını inceleyerek, ara sıra bitkiler âleminin genel yasalarını, yapısal özelliklerini ve amaçlarını başarıyla saptamak ve tüm bunlardan zevk almamı sağlayan güce minnettarlık duyup, kendimi hayranlık duyma zevkine bırakmak, bana ne masraflı ne de zahmetli geliyor.

Bitkiler, zevkin ve merakın çekiciliğini kullanarak, insanları, doğayı incelemeye davet etmek için sanki gökyüzündeki yıldızlar gibi aşırı bir bollukla yeryüzüne ekiliş gibidirler ama gök cisimleri bize çok uzaktırlar; onlara ulaşmak ve yakınımıza getirmek için ön bilgilere, aygıtlara, makinelere, çok uzun merdivenlere ihtiyacımız var. Oysa bitkiler doğal olarak yakınımızdadırlar. Onlar, ayaklarımızın altında ve deyim yerindeyse avuçlarımızın içinde doğarlar ve çok küçük olmalarından dolayı en önemli kısımları çıplak gözle seçilemiyorsa, onları görmek için gereken aletlerin kullanımı, astronomide kullanılanlardan çok daha kolaydır. Bitkibilim boş gezen ve tembel bir insan için uygun bir çalışmadır; bitkileri incelemek için, onun gereksinim duyduğu tüm aletler, bir kazı kalemi ve bir büyüteçtir. O, gezinir, bir nesneden diğerine serbestçe dolanır, her çiçeği ilgi ve merakla tekrar tekrar gözden geçirir ve yapısal özelliklerini kavramaya başlar başlamaz, hiç çaba sarf etmediği halde, onları incelemekten, çok çaba harcamış gibi coşkun bir zevk duyar. Bu aylakça uğraşta, sadece tüm tutkular dinginleştiğinde hissedilebilen ama tek başına yaşamı mutlu ve tatlı kılmaya yeten bir büyü vardır. Fakat ya bir yer edinmek ya da kitap yazmak için olsun, buna övünme ve çıkar duygusu karıştırıldığında, sadece bilgi vermek için öğrenmeye istek duyulduğunda, sadece yazar veya profesör olmak için bitki toplandığında, bu tatlı büyünün tümü kaybolur ve bitkiler sadece tutkularımızın aracı gibi görünür, incelenmelerinden gerçek bir zevk duyulmaz; insan artık bilmeyi değil, bildiğini göstermeyi ister ve ormanlar, takdir görmeyi arzu edenlerin dünyadaki tiyatro sahnesi olur veya insan, bitkileri doğal ortamlarında incelemek yerine, kendini laboratuvar ya da en fazla, bahçedeki bitkibilim ile sınırlamakta inat ederse, sadece sistemlerle ve yöntemlerle ilgilenmiş olur. Bu da, tek bir yeni bitki tanıtmaya yaramayan ve doğal tarih ile bitkiler âlemi üzerine gerçek hiçbir bilgi sağlamayan, ezeli bir tartışma sebebidir. Bu yüzden, ünlü olmak için yapılan rekabetin uyandırdığı kinler, kıskançlıklar, bitkibilimci yazarlarda, diğer bütün bilim adamlarından daha fazla görülür. Bunlar, bu hoş bilimin niteliğini bozarak, onu, egzotik bitkilerin meraklıların bahçelerinde uğradığı değişimlerden hiç de aşağı kalmayan değişimlere uğradığı kentlerin ve yüksek eğitim kurumlarının ortasına taşırlar.

Oldukça değişik bir ruhsal durum, benim için bu çalışmayı artık sahip olmadıklarımın boşluğunu dolduran bir tür tutkuya dönüştürdü. İnsanların hatıralarından ve kötülerin saldırılarından mümkün olduğu kadar kaçabilmek için kayalara, dağlara tırmandım, vadilere, ormanlara daldım. Bir ormanın gölgeliklerindeyken, artık hiç düşmanım yokmuşçasına huzur içinde ve özgür olduğumu, unutulduğumu veya ormanın yapraklarının, düşmanları hatıramdan uzaklaştırdığı gibi, beni de onların kötülüklerinden uzaklaştıracağını sanıyor ve bütün aptallığımla, onları artık düşünmediğimde, onlarında beni düşünmeyeceklerini hayal ediyorum. Bu hayalden öyle büyük bir tat alıyordum ki; şayet durumum, zayıflığım ve ihtiyaçlarım izin verseydi, kendimi bütün benliğimle ona teslim ederdim. İçinde yaşadığım yalnızlık ne kadar derinse, bu boşluğu doldurmak için o kadar çok şey gerekiyor ve hayal gücüm bunu yapmayı kabul etmediğinde veya belleğim olanları reddettiğinde, toprak, insanların zorlaması olmaksızın, kendiliğinden ürettiği ve her yandan gözlerimin önüne serdiği ürünlerle bu boşluğu dolduruyor. Issız bir yere gidip, yeni bitkiler aramanın verdiği zevk, bana zulmedenlerden kurtulmanın verdiği zevkle birleşiyor ve insan izine rastlamadığım yerlere vardığımda, kinlerinin artık beni takip etmediği bir sığınaktaymışçasına daha rahat nefes alıyorum.

Bir gün, Robaila taraflarında, Clerc adındaki derebeyine ait bir dağda ot toplayışımı ömrüm oldukça unutmam. Yalnızdım, dağın en girintili çıkıntılı yerine dalmıştım ve korudan koruya, kayadan kayaya giderek, öyle gözlerden uzak bir barınağa ulaştım ki ömrümde bundan daha vahşi bir görüntüye rastlamamıştım. Birçoğu yaşlılıktan devrilmiş ve birbirine geçmiş olan dev gürgen ağaçlarına karışmış kara köknarlar, bu sığınağın önünde aşılamaz engeller oluşturmuştu. Bu karanlık surdaki birkaç aralığın arkasında yüzükoyun yere uzanmadan bakmaya cesaret edemediğim dimdik kayalıklardan ve korkunç uçurumlardan başka hiçbir şey görünmüyordu. Dağın eteklerinde puhukuşlarının, gece kuşlarının, akkuyruklu kartalların çığlıkları duyuluyor, bir yandan da nadir bulunan, ama tanıdık birkaç küçük kuş, bu yalnızlığı daha az ürkütücü bir hale getiriyordu. Burada, dişotu heptaphyllos'u, siklamen'i, nidus avis'i, büyük lacerpitium'u ve beni uzun zamandır eğlendiren ve hayran bırakan birkaç başka bitkiyi buldum. Fakat farkına varmadan etrafımdaki nesnelerin güçlü etkisine boyun eğerek, bitkibilimi ve bitkileri unuttum, iycopodium ve yosundan yastıkların üzerine oturdum ve dünyada kimsenin bilmediği, işkencecilerimin beni bulup çıkaramayacağı bir sığınıkta olduğumu düşünerek, daha rahat bir şekilde düş kurmaya koyuldum. Bir süre sonra, bu düşlere bir gurur dalgası karıştı. Kendimi ıssız bir ada keşfeden büyük gezginlerle bir tutuyor ve kendi kendime hoşnutlukla, 'Şüphesiz, buraya kadar gelebilen ilk ölümlü benim,' diyor, kendimi adeta başka bir Colomb olarak görüyordum. Bu düşünceyle hindi gibi şişinirken, biraz uzağımda bana tanıdık gelen bir tıkırtı duydum, kulak kabarttım. Aynı gürültü tekrarlandı ve çoğaldı. Şaşkınlık ve merakla kalktım, gürültünün geldiği tarafa doğru yürüyerek, çalıların içinden geçtim ve ilk gelen olduğumu zannettiğim yerden yirmi adım ötede bir koyakta, bir çorap imalathanesi olduğunu gördüm.

Bu keşfin yüreğimde yarattığı karmaşık ve çelişkili duyguları ifade etmem mümkün değil. İlk tepkim, kendimi tamamen yalnız zannettiğim bir ortamda, yeniden insanlarla beraber olmaktan duyduğum sevinç oldu. Fakat şimşekten daha hızlı olan bu duygu, biraz sonra yerini, Alpler'in inlerinde bile bana eziyet etmek isteyenlerin acımasız ellerinden kurtulamamış olmanın verdiği, daha kalıcı, acı bir duyguya bıraktı. Çünkü bu imalathanede papaz Montmollin'in önderliğini üstlendiği ve nedeni eskilere dayanan bir komploya karışmamış iki kişinin bile olabileceğini sanmıyordum. Bu hüzün verici fikri çabucak kafamdan uzaklaştırdım ve sonunda çocukça kibirim ve bunun cezalandırılma şeklinin komikliği yüzünden kendi kendime gülmeye başladım.

Fakat gerçekten de uçurumun içinde bir imalathane olacağını kim düşünebilirdi! Vahşi doğa ile insan üretimini bir araya getiren bu karışıma dünyada sadece İsviçre'de rastlanabilir. İsviçre, Saint-Antoine'ınkinden daha geniş, uzun caddeleri ormanlarla örtülü ve dağlarla kesilmiş, sadece İngiliz tarzı bahçeleri ile bağlantı kurulabilen birbirinden uzak ve ıssız evleri ile kocaman bir şehirden başka bir şey değildir. Bu konu ile ilgili olarak, Du Peyrou, d'Escherny, Albay Pury ve Justicier Clerc ile birlikte, zirvesinden bakılınca yedi gölün görüldüğü, Chasseron Dağı'na, bundan bir süre önce yaptığımız bir başka bitkibilim gezisini hatırladım. Bize, bu dağın üzerinde sadece bir ev olduğu ve şayet burada oturanın bir kitapçı olduğunu ve tüm ülkede bu işi başarıyla sürdürdüğünü söylemeselerdi; bu kişinin mesleğini asla tahmin edemeyecektik. Sanıyorum ki bu türden tek bir olay, İsviçre'yi tüm gezginlerin anlattıklarından daha iyi tanıtır.

İşte, oldukça değişik olan bir milleti tanıtabilecek bu türden veya buna yakın olan bir başka olay: Grenoble'da kaldığım sürede, bu ülkede avukatlık yapan bitkibilimi sevmediği ve bilmediği halde, kendini benim muhafızım sayan ve mümkün olduğu sürece benden bir adım olsun ayrılmamayı kendine görev edinen Mösyö Bovier ile sık sık kent dışına, ot toplamaya çıkardık. Bir gün Isere Nehri boyunca, dikenli söğütlerle dolu bir yerde geziniyorduk. Çalılarda olgun yemişler gördüm; merak edip birini tattım ve ekşimsi tadını çok beğenip, serinlemek amacıyla bu tanelerden yemeye koyuldum. Mösyö Bovier ise yemeden ve tek kelime konuşmadan yanımda duruyordu. Bir arkadaşı bu olayın üstüne geldi ve bu taneleri ısırdığımı görünce, "Hey, beyefendi, ne yapıyorsunuz? Bu yemişin zehirli olduğunu bilmiyor musunuz?" dedi. "Bu yemiş zehirli mi?" diye hayretle bağırdım. "Kesinlikle," dedi ve "ülkede bunu herkes o kadar iyi bilir ki kimse tatmaya bile yeltenmez," diye ekledi. Mösyö Bovier'ye bakıp, "Neden beni uyarmıyorsunuz?" diye sordum. "Ah bayım," dedi saygılı bir tavırla. "Bunu söyleme gücünü kendimde bulamadım." Yemişleri tatmayı bırakarak, onun bu alçakgönüllülüğüne gülmeye başladım. Hâlâ emin olduğum gibi, o zaman da inanıyordum ki, tadı güzel olan her türlü doğal ürün vücuda zararlı olamaz ya da ancak fazla yendiğinde zararlı olabilir. Buna rağmen, günün geri kalan süresi boyunca biraz kendimi dinlediğimi itiraf ediyorum ama azıcık endişeden başka bir şey hissetmedim. Ertesi gün Grenoble'da bana anlattıklarına göre, çok azının bile insanı zehirlediği söylenen o korkunç hippophae yemişlerinden on beş yirmisini bir gün önce yutmuş biri olarak, çok lezzetli bir yemek yedim, daha iyi uyudum ve ertesi sabah tamamen sağlıklı olarak kalktım. Bu macera bana o kadar eğlenceli geldi ki; avukat Bovier'nin eşi görülmemiş çekingenliğini her hatırladığımda hâlâ gülerim.

Bütün bitkibilim gezilerim, dikkatimi çeken şeylerin üzerimde bıraktıkları çeşitli etkiler, bende uyandırdıkları düşünceler ve bunlara karışan olaylar; bütün bunlar, üzerimde, o yerlerde topladığım bitkileri her gördüğüm de tazelenen duygular bıraktı. Görüntü daima beni yürekten etkileyen bu güzel manzaraları, bu ormanları, bu gölleri, bu koruları, bu kayaları, bu dağları bir daha göremeyeceğime, bugün artık bu eşsiz yerlerde dolanamayacağıma göre, tekrar orada olduğumu hayal etmek için yapmam gereken sadece ot koleksiyonumu açmak. Bu ot koleksiyonu, bana bitkibilim gezilerimi yenilenen bir sevinçle yeniden yaşatan ve onları yeniden gözlerimin önüne getiren optik bir aygıt etkisi yapan bir günlüktür.

Beni bitkibilime bağlayan, bu dolaylı düşünceler zinciridir. Bu düşünceler zinciri, hayal gücüme en hoşlandığı fikirleri toparlayıp hatırlatmaktadır. Çayırlar, sular, ormanlar, yalnızlık ve özellikle tüm bunların ortasında duyulan rahat ve huzur, bu zincir tarafından sürekli olarak zihnimde canlandırılmaktadır. Bu düşünceler, insanların zulmünü, kinlerini, horlamalarını, aşağılamalarını ve onlara şefkat ve samimiyetle bağlanmama rağmen, bana yaptıkları kötülükleri unutturuyor. Bunlar beni, iyi kalpli ve mütevazı insanlar arasında bir zamanlar yaşadığım sakin yerlere götürüyor. Bana gençliğimi ve masum zevklerimi hatırlatıyor, onlardan yeniden haz almamı sağlıyor ve ölümlünün karşılaşabileceği en acı kaderin içinde bile beni hâlâ mutlu ediyor.

İKİNCİ GEZİNTİ

İyi aramasını bilirsek, sebebini kalbimizde bulamayacağımız hemen hemen hiçbir istemdışı davranışımız yoktur. Dün, Gentilly civarında La Bièvre Çayı kıyısında ot toplamaya giderken, yeni bulvardan geçerek, Enfer Kapısı'na yaklaştığımda sağa döndüm, tarlalar arasına saparak, bu küçük ırmağın iki yanında yükselen tepelere ulaşmak için Fontainebleau yolunda ilerledim. Bu yürüyüşün kendi başına bir önemi yoktu; fakat birçok defa hiç düşünmeden hep aynı yerden geçmiş olduğumu hatırlayınca, kendimde bunun sebebini aradım ve çözdüğümde kendimi gülmekten alamadım.

Bulvarın bir köşesinde, Enfer Kapısı'nın çıkışında, yazın gün boyunca meyve, kaynatılacak kuru bitkiler ve küçük ekmekler satan bir kadın tezgâh kurar. Bu kadının, çok tatlı fakat topal olan ve koltuk değnekleri ile aksayarak yürüyen, sevimli bir tavırla gelip geçenden sadaka isteyen, küçük bir oğlu vardır. Bu küçük adamla bir şekilde tanışmıştım. Her geçtiğimde gelip bana küçük iltifatlarda bulunmaktan geri kalmaz, ardından da her zaman sadakasını alırdı. İlk zamanlarda onu görmekten mutlu oluyor ve bunu memnuniyetle veriyordum; hatta çoğu zaman, sevimli bulduğum küçük gevezeliklerini teşvik ederek onu dinledim ve bir süre bunu hep aynı zevkle yapmaya devam ettim. Derece derece alışkanlık haline gelen bu zevk, nasıl olduğunu bilmeden bana sıkıntı veren bir tür göreve dönüştü; özellikle beni tanıdığını belli etmek için Mösyö Rousseau diye hitap etmeyi asla ihmal etmediği ve böylece beni, ona bunu yapmayı öğretenlerden daha fazla tanımadığını ortaya çıkaran bu bıktırıcı sözlerden sıkıldım. O günden sonra oradan daha az isteyerek geçmeye başladım; sonunda o yere yaklaştığımda, farkına varmadan çoğu zaman başka yöne dönmeye başladım ve bu bende alışkanlık oldu.

Düşünürken keşfettiğim budur işte; bütün bunlar o güne kadar dikkatimi çekmemişti. Bu gözlem bana hareketlerimin esas ve gerçek sebeplerini sandığım kadar bilmediğimi kanıtlayan, birçok başka gözlemi hatırlattı. İyilik yapmanın, insan kalbinin tadabileceği en gerçek mutluluk olduğunu biliyor ve hissediyorum ama uzun yıllardır bu mutluluktan yoksun bırakıldım ve benimki kadar zavallı bir yazgısı olan kişi, isteyerek, yararlı olan gerçekten iyi hiçbir eylemde bulunmayı umamaz. Yazgımı düzenleyenlerin en çok özen gösterdikleri şey, beni sahte ve aldatıcı görüntülerle sarsmak olduğundan, erdemli bir davranış, beni düşürmek istedikleri tuzağa çekmek için konmuş bir yemden başka bir şey değildir. Bunu biliyorum, biliyorum ki; bundan sonra elimden gelebilecek tek iyilik, istemeden ve bilmeden kötülük yapma korkusuyla kendimi herhangi bir şey yapmaktan men etmektir.

Fakat kalbimin sesini dinleyerek, bazen başka bir kalbi memnun edebildiğim daha mutlu anlar da oldu ve bu zevki tadabildiğim her seferinde, bunu diğer hiçbir zevkte bulmadığım kadar hoş bulduğumu itiraf etmek namus borcumdur. Bu eğilim, güçlü, gerçek ve saftı ve ruhumun en gizli köşesinde, hiçbir şey onu asla yalanlamadı. Ne var ki beraberlerinde getirdikleri görevler yüzünden yaptığım iyilikleri bir yük gibi görmeye başladım. Böylelikle bu işin zevki kayboldu ve başlangıçta hoşlandığım özeni sürdürmek, bana, adeta dayanılmaz bir sıkıntı gibi gelmeye başladı. Kısa süren refah dönemlerimde, birçok insan benden yardım istedi ve onlara verebileceğim hizmetlerden hiçbiri, onlardan esirgenmedi. Fakat canı gönülden yaptığım bu ilk iyiliklerden, önceden tahmin edemediğim ve artık boyunduruğuna katlanamadığım bir yükümlülükler zinciri doğdu. İlk hizmetlerim, bundan yararlananların gözünde, ardından gelmesi gereken hizmetlerimin başlangıcından başka bir şey değildi ve herhangi bir zavallı bana kancayı takıp, bir iyilik elde ettiğinde olay bitiyordu ve özgür irademle yapılan bu iyilik, daha sonra onu duyabileceği bütün ihtiyaçlar için sınırsız bir hak oluyor, onları yapamayacak halde olmam bile, bir özür olmaya yetmiyordu. İşte bu şekilde, en tatlı zevkler bile benim için sonradan külfetli yükümlülüklere dönüştü.

Bununla birlikte, kimse tarafından tanınmadan, karanlıklar içinde yaşadığım sürece, bu zincirler bana pek ağır gelmedi. Ama yazılarımdan dolayı kişiliğim bir kere ortaya çıkınca -ki bu, hiç kuşkusuz, mutsuzluklarımla ödediğim çok büyük bir hata oldu- tüm duygu sahiplerinin, aldatacak birini arayan tüm maceracıların, sözde bana itibar kazandırdıkları bahanesiyle şu veya bu şekilde benden bir şeyler koparmaya çalışan herkesin, genel başvuru merkezi oldum. O zaman anladım ki; iyiliğin kendisi de dahil, bütün doğal eğilimlerimizin tedbirsizce ve düşünülmeden toplum hayatına sokulması durumunda, bunlar nitelik değiştirerek, çoğu kez başta yararlı oldukları ölçüde, zararlı da olabilirler. Bu kadar çok acı deneyim, yavaş yavaş başlangıçtaki eğilimlerimi değiştirdi; daha doğrusu, onları gerçek sınırlarına çekerek, başkalarının kötülüklerini kolaylaştırmaktan başka bir işe yaramadıklarında iyilik yapma eğilimime artık körü körüne uymamayı öğretti.

Fakat bu deneyimlerimden asla pişman değilim; çünkü üzerlerinde düşünerek kendimi tanımam konusunda ve daha önce haklarında yanlış kanıya kapıldığım davranışlarımın gerçek sebepleri konusunda bana ışık tuttular. Gördüm ki, bir iyiliği zevkle yapabilmem için zorlanmadan, serbestçe hareket etmem gerekiyor ve iyi bir işten alacağım tadın yok olması için, onun benim gözümde bir görev olması yetiyor. O andan itibaren, mecburiyetin ağırlığı, en tatlı zevkleri bile bir yük haline getiriyor ve Emile de dediğim gibi, inanıyorum ki şayet Türklerin arasında yaşıyor olsaydım, tellallar kocalık görevini yapma saatinin geldiğini haber verdikleri zaman kötü bir koca olurdum.

İşte bu, kendi erdemim hakkında, uzun zamandır edindiğim kanıyı oldukça değiştiriyor. Çünkü iyilik yapmanın zevkini bize tattırıyorlarsa, eğilimlerimize uyup ona göre davranmanın erdemle hiçbir ilgisi yoktur. Erdem, görev duygusu emrettiğinde, onun isteğini yerine getirmek için, eğilimlerimizi yenmektir ki dünyada bunu en az yapabilen insan benim. Doğuştan duyarlı ve iyi olup, zayıflık derecesinde merhametli olduğumdan ve cömertlik konusunda ruhumun coşkuyla dolu olduğunu hissettiğimden; sadece kalbime hitap edildiği sürece, zevkle, hatta tutkuyla, insancıl, iyiliksever, yardımsever olmayı seçtim. Şayet insanların en güçlüsü olsaydım, onların en iyisi ve en merhametlisi olurdum ve içimdeki intikam duygularını söndürmek için kendimden intikam alabilmem yeterli olurdu. Hatta kendi çıkarlarım aleyhine zorlanmadan adil olabilirdim ama benim için değerli olan insanların çıkarlarına karşı olmaya razı olamazdım. Görevimle kalbim birbiriyle ters düştüğünde, görevim çok ender olarak ve ancak bu konuda kendimi zorlamamla zafer kazanabilirdi; yani çoğu zaman güçlüydüm fakat eğilimlerime karşı hareket etmek benim için her zaman imkânsız olmuştur. Emir ister insanlardan, ister görevimden, ister zorunluluktan gelsin; kalbim sustuğunda, iradem de sağır kalır ve içimden itaat etmek gelmez. Beni tehdit eden kötülüğü görürüm ama engel olmak için harekete geçeceğime onun gelmesini beklerim. Her ne olursa olsun, zevkle yapmadığım şeyi, bir süre sonra yapmam imkânsızdır.

Dahası da var. Zorunluluk, arzumla çakıştığında, arzumu yok etmeye, bunu isteksizliğe, hatta tiksintiye dönüştürmeye yeterli olur ve bu, benden istenmeseydi kendiliğimden yapacağım iyiliği, istendiği zaman yapmamı zorlaştırır. Tamamen karşılıksız bir hayır işi, elbette yapmaktan hoşlandığım bir sevaptır. Fakat bunu alan kişi, bunun devamını bir hak olarak talep edip, reddetmem durumunda beni, ona karşı kin gütmekle tehdit ederse; önceleri öyle davranmaktan zevk aldığım için, sürekli velinimeti olmamı bir kanun haline getirirse, o zaman sıkıntı başlar ve alınan zevk yok olur. Onlara boyun eğdiğimde yaptıklarım zayıflıktan ve utançtandır ve bunlarda artık iyi niyet kalmamıştır; bundan dolayı kendimi alkışlamak bir yana, istemeden iyilik yaptığım için vicdan azabı duyarım.

Biliyorum ki iyiliksever ile ihtiyaç sahibi arasında en kutsal türden bir sözleşme vardır. Bu, her iki tarafın kurduğu, diğer insanlarınkinden daha sıkıcı bir tür ortaklıktır ve şayet ihtiyaç sahibi sessizce minnettar kalmayı kabul ederse, buna riayet ettiği sürece iyiliksever de karşısındakine gösterdiği iyi niyeti muhafaza etmeyi ve her yapabildiğinde ve her talep edildiğinde, davranışlarını yenilemeyi kabul eder. Bunlar kesin şartlar değildir fakat aralarında oluşan ilişkinin doğal sonucudur. Kendisinden karşılıksız bir iyilik istenen kişi, bunu yapmayı ilk defasında reddederse, reddettiği kişinin bundan şikâyetçi olmaya hiçbir hakkı yoktur ama benzer bir durumda, o kişiye daha önce yapmış olduğu aynı iyiliği bu defa ondan esirgeyen kimse, kendi yüzünden beslenen bir umudu kırmış olur; yani doğmasına izin verdiği bir beklentiyi boşa çıkarmış ve yalanlamış olur. İnsan, bu reddedişte, ilkinden daha sert ve daha haksız olan ama ne olduğunu tam bilemediğim bir şeyler hisseder. Ama yüreğimizin çok değer verdiği kolay kolay vazgeçemediği bağımsızlığın yarattığı etkinin de bundan aşağı kalır yönü yoktur. Bir borç ödediğim zaman, görevimi yerine getirmiş olurum; bir bağışta bulunduğum zaman, kendime bir zevk vermiş olurum. Oysa görevini yerine getirmenin zevki, sadece erdemli olma alışkanlığının yarattığı zevklerdendir. Bize doğrudan doğruya doğadan gelen zevkler, o seviyeye ulaşamazlar.

Bunca acı deneyimden sonra hiç düşünmeden, istemeden yaptığım davranışlarımın sonuçlarını önceden kestirmeyi öğrendim ve dalgınlıkla giriştiğim bir işin bana yükleyeceği zorunluluktan ürküp, yapmak istediğim ve yapabileceğim bir iyiliği yapmaktan genellikle kaçındım. Bu korkuyu her zaman hissetmedim; aksine, gençliğimde, yardım ettiklerime sevgiyle bağlanıyor ve çoğu kez onların da bana çıkar duygusundan çok, minnet duygularıyla sevgi beslediklerini hissediyordum. Fakat felaketlerim başlar başlamaz, diğer her şeyde olduğu gibi, bu konuda da işin rengi değişti. O zamandan beri daha öncekine hiç benzemeyen, yeni bir kuşağın mensupları arasında yaşadım ve başkalarına karşı olan duygularım, başkalarının duygularında karşılaştığım değişikliklerden incindi. Birbirinden bu kadar farklı olan iki kuşağın, önce birinde, sonra öbüründe yaşadığını gördüğüm aynı insanlar, sanki her ikisine de kendilerini uydurdular. Önceleri dürüst ve açık kalpli insanlarken, değiştikten sonra ötekilere benzediler; böylece zamanın değişmesiyle insanlar da değiştiler. Daha önceki duygularımın doğmasına neden olan niteliklerin tam tersi nitelikler kazanmış bu insanlara karşı aynı duyguları nasıl koruyabilirdim ki! Onlardan asla nefret etmiyorum; çünkü nefret etmeyi beceremem ama hak ettikleri aşağılamayı duymaktan ve bunu onlara göstermekten kendimi alıkoyamıyorum.

Belki ben de farkına varmadan, gereğinden fazla değiştim. Hangi yaratık, benimki gibi bir durum karşısında değişime direnebilirdi ki? Yirmi yıllık deneyimle, yüreğimin doğadan aldığı, kendime ve başkalarına zarar verecek hale gelmesi yüzünden, bana teklif edilen her yardımı, arkasında kötülüklerin gizli olduğu bir tuzak olarak görmeye başladım. Biliyorum ki çabalarımın sonucu ne olursa olsun, iyi niyetim yine de övülmeye değer. Evet, şüphesiz övülmeye değer fakat içimdeki coşku artık yok ve bu uyarıcının eksikliğini duyduğumda, içimde ilgisizlik ve buz gibi bir soğukluk hissediyorum ve gerçekten gerekli bir şey yapmak yerine, aptalca bir şey yaptığıma emin olduğumdan, mantığımın ikrarı ile birleşen özsaygımın öfkesi, normal halimdeyken yardım etmek için istek ve gayretle dolu olacağım durumlarda, bana sadece iğrenme ve isteksizlik duygusu veriyor. Ruhu yücelten ve güçlendiren bahtsızlıklar vardır ama onu alçaltan ve öldürenleri de vardır ki; benim kurbanı olduğum bahtsızlık da bu ikinci türdendir. Ruhumda en küçük bir kötülük mayası olsaydı, bu, onu fazlasıyla heyecanlandıracak ve beni çılgınlığa sürükleyecekti fakat sadece eylemsizliğe sürükledi. Gerek kendime, gerekse başkalarına iyilik yapacak durumda olmadığımdan, bir şeyler yapmaktan kaçınıyordum ve zorunlu olduğu için masum sayılan bu durum, kendimi hiç ayıplamadan, doğal eğilimlerime bırakıp, bundan zevk almama neden oluyordu. İyilikten başka bir şey yapamayacağımı gördüğüm durumlarda bile hiçbir şey yapmamakla şüphesiz fazla ileri gidiyorum. Ama olayları olduğu gibi göstermediklerine emin olduğumdan, görünüşlerine göre hüküm vermekten kaçınıyorum, harekete geçmek için ne kadar aldatıcı nedenler bulunursa bulunsun, bunların aldatıcı olduklarından emin olmam için kavrayış gücümün sınırları içinde olmaları gerekir.

Talihim, daha çocukluğumda beni sonraki tuzaklara düşmeye uzunca bir süre boyunca müsait hale getiren ilk tuzağını kurmuştu; insanların içinde en saf, en kolay güvenen benim ve kırk yıl boyunca bu güvenim tek bir kere bile boşa çıkmadı. Birdenbire başka türlü insanların ve olayların içinde kalınca, hiçbirini fark etmeden, bin bir tuzağın içine düştüm ve yirmi yıllık tecrübe, beni yazgım hakkında aydınlatmaya ancak yetti. Bana gösterilen yapmacıklı davranışlarda yalandan ve ikiyüzlülükten başka bir şey olmadığı kanısına varınca, hızla öbür tarafa geçtim; çünkü doğal halimizden bir defa çıkacak olursak, bizi durduracak hiçbir sınır kalmaz. O zamandan beri insanlardan hoşlanmıyorum ve bu konuda onlarınki ile yarışan iradem, onların bütün entrikalarının yapamayacağı kadar beni onlardan uzak tutuyor.

İstedikleri kadar uğraşsınlar, bu bıkkınlık tiksinti seviyesine çıkamaz. Beni, hükümleri altına almak isterken, benim hükmüm altına nasıl girdiklerini düşündükçe onlara gerçekten acıyorum. Ben mutsuzsam, onlar da benim kadar mutsuz ve ne zaman kendi durumumu incelesem, onları acınacak bir halde görüyorum. Bu düşüncemde belki gurur da var ve kendimi, nefret edemeyecek kadar onlardan üstün görüyorum. Olsa olsa onları küçük görürüm ama bu nefret etmeye kadar gitmez; sonuçta kendimi, herhangi birinden nefret edemeyecek kadar çok fazla seviyorum. Nefret etmek, varlığımı sınırlamak, küçültmek olurdu; oysa ben onu, daha çok tüm evrene yaymayı isterim.

Onlardan nefret etmektense, onlardan kaçmayı yeğlerim. Görünüşleri duygularımı incitiyor, binlerce zalim bakış ise yüreğime acı veren izlenimler bırakıyor; fakat hissettiğim bu huzursuzluk, ona sebebiyet veren neden ortadan kalkar kalkmaz yok oluyor. Onlar orada olduklarında, istemediğim halde onlarla uğraşıyorum. Onları artık görmediğim zaman, sanki benim için var olmaktan çıkıyorlar.

Sadece benimle ilgili olan konularda onlara karşı kayıtsız kalıyorum; çünkü kendi aralarındaki ilişkilerde, beni ancak sahnede sergilendiğini gördüğüm bir oyunun kahramanları kadar ilgilendiriyor ve heyecanlandırıyorlar. Adalet duygusundan mahrum olabilmem için manen ölmüş olmam gerekir. Oysa adaletsizlik ve kötülüğe tanık olmak, beni hâlâ çileden çıkarmakta; başkalarına karşı kendini gösterme veya beğendirme kaygısı taşımayan erdemli davranışlar ise sevinçten içimi titretir, beni sevindirir ve hatta gözlerimden tatlı yaşlar akıtır. Ama bunları kendim görmeli ve değerlendirmeliyim; çünkü başıma gelenlerden sonra, başkalarının yargılarını benimsemem ve başkalarının söylediklerine dayanarak bir şeye inanmam için çıldırmış olmam gerekir. İnsanlar, huyumu ve ahlâkımı tanımadıkları kadar yüzümü de tanımasalar, aralarında yine de rahat yaşardım. Hatta, onlara yabancı olduğum sürece, birlikteliklerinden bile hoşlanabilirdim. Doğal eğilimlerime hiç karışılmadığı takdirde, benimle hiç ilgilenmeseler bile, onları sevebilirdim. Onlara karşı, her türlü çıkar duygusundan uzak, bütün kâinata gösterebileceğim bir yardımseverlik gösterirdim; fakat onların gururları tarafından heveslendirilip, kendilerine özgü kanunlarınca zorlanarak yapmak için o kadar uğraştıkları iyiliği, ben onların hiçbirine özel olarak bağlanmadan ve hiçbir yükümlülüğün altına girmeden, kendiliğimden serbest irademle yapardım.

Yaratılışıma uygun bir şekilde, özgür, gizemli, insanlardan uzak, yapayalnız biri olarak kalsaydım, iyilikten başka bir şey yapmazdım; çünkü yüreğimde hiçbir zararlı tutkunun tohumu yok. Şayet Tanrı gibi görünmez ve her şeye kâdir olsaydım, O'nun gibi yardımsever ve iyi olurdum. İnsanları mükemmel yapan güç ve özgürlüktür. Zayıflık ve tutsaklık, sadece kötü adamlar yaratmıştır. Şayet Gygès'in yüzüğüne sahip olsaydım, o beni insanlara bağımlı yapardı. Düşlere daldığımda, sık sık kendime İspanya'daki şatolarımda bu yüzükten nasıl yararlanabileceğimi sordum; çünkü, böyle bir durumda, gücü kötüye kullanma eğilimi ortaya çıkar. Tüm arzularımı tatmin etmekte özgür olup, kimse tarafından aldatılmadan her şeyi yapabilecek durumda olsaydım, neler isteyebilirdim? Tek bir şey. Bu, sadece tüm kalpleri memnun görmek olurdu. Etrafımdaki insanların mutlu olduğunu görmek beni sürekli duygulandırabilen tek şeydir ve bu mutluluğa katkıda bulunma arzusu en değişmez tutkumdur. Her zaman taraf tutmadan adil kalır ve her zaman zayıflık göstermeden iyi biri olur, böylece kendimi kör kuşkulardan ve yatışmak bilmeyen kinlerden korurdum; çünkü insanları oldukları gibi görüp, yüreklerinin içini rahatlıkla okuduğumdan, sevgimi hak edecek kadar az sayıda iyi insanı da, nefretimi hak edecek kadar az sayıda iğrenç insanı da bulabilirdim ve başkalarına kötülük yapmayı isterken, kendilerine zarar verdiklerine emin olduğum için kötülükleri onlara acımama neden olurdu. Belki neşeli anlarımda, birkaç mucize yaratabilecek çocukluklar yapabilirdim fakat kendim için hiçbir çıkar gözetmeden ve kural olarak sadece doğal eğilimlerimi benimseyerek vereceğim birkaç sert karara rağmen, merhametli ve eşitliğe özen gösteren bin tane karar verebilirdim. Tanrı'nın elçisi ve gücümün yettiği ölçüde yasalarının uygulayıcısı olarak, Altın Efsanesi ve Saint Bernard Mezarlığı mucizelerinden daha mantıklı ve daha yararlı mucizeler yaratırdım.

Her yerde, görünmeden dolaşabilmek gücünün bir noktası var ki, orada nefsime hâkim olmakta güçlük çekerdim; böyle bir yola bir kere sapınca da kim bilir nerelere sürüklenirdim! Bu fırsatların beni asla baştan çıkarmayacağı konusunda övünmek veya mantığımın beni bu kötü yola yönelmekten alıkoyacağını düşünmek, hem insan mizacını hem de kendimi tanımamak olurdu. Kısacası, başka herhangi bir konuda kendimden emin olsam da sadece bu konuda kendime güvenemezdim. Gücü sayesinde insanüstü olan biri, insanlığa özgü zayıflıkların da üzerinde olmalıdır; yoksa sahip olduğu aşırı güç, onu diğer insanların, hatta onlara eşit olduğu zamanki kendisinin bile aşağısına çeker.

Etraflıca düşündüğümde, sihirli yüzüğümü bana bazı aptallıklar yaptırmadan, fırlatıp atmanın daha iyi olacağını düşünüyorum. İnsanlar beni olduğumdan farklı görmekte inat ediyorlarsa, bunu görmemeleri için, onların arasında görünmez olmak yerine, onlardan kaçmam gerekir. Benden saklanmak, entrikalarını gizlemek, gün ışığından kaçmak ve köstebek gibi toprağın içine girmek onlara düşer. Bana gelince, beni görebiliyorlarsa görsünler, daha iyi fakat bu, onlar için imkânsız; benim yerime kendi yarattıkları ve gönüllerince nefret edebilmek için istedikleri şekle soktukları Jean-Jacques'tan başkasını göremeyecekler. Öyleyse onların beni görme biçimlerine aldırmamam gerekir; çünkü onların gördükleri ben değilim.

Bütün bu düşüncelerimden çıkarabileceğim sonuç, can sıkıntısı, görev ve zorunluluklardan başka bir şey olmayan toplumsal yaşama hiçbir şekilde uygun olmadığımdır ve insanların arasında yaşamayı isteyecek birinin kabul etmesi gereken kurallara boyun eğmenin de bağımsız kişiliğime uygun olmadığıdır. Özgür hareket ettiğim sürece iyi biriyim ve sadece iyilik yapıyorum fakat kuşakların veya insanların boyunduruğunu hissettiğimde asileşirim ya da daha doğrusu huysuzlaşırım ve artık hiçbir işe yaramam. İstediğimin aksine davranmam gerektiğinde, ne olursa olsun, bunu asla yapmam; aslında istediğim gibi de davranamam çünkü iradem zayıftır. Harekete geçmekten çekinirim; çünkü eylem konusunda zayıfım, tüm gücüm yetersiz kalır; tüm günahlarım, bir görevi yerine getirmekten çok, onu ihmal etmekten doğan günahlardır. Özgürlüğün, insanın canının istediğini yapması demek olduğuna asla inanmadım, özgürlük daha çok, yapmak istemediğini yapmamaktır ve devamlı peşinde olup, bazen de yakaladığım, sayesinde çağdaşlarımı çileden çıkardığım özgürlük, işte budur. Çünkü devamlı iş başında, hareketli, hırslı olan insanlar başkalarının özgür olmasından nefret eder, hatta ara sıra istediklerini yapabildikleri ve başkalarının istediklerini yapmasını engelleyebildikleri sürece, kendi özgürlüklerinden bile vazgeçen bu insanlar böylece tüm hayatları boyunca, kendilerini yapmak istemedikleri şeyleri yapmaya zorlarlar ve emredebilmek uğruna her türlü esarete katlanmaktan geri kalmazlar. Beni, toplumun işe yaramayan bir üyesi olarak değil de toplumun zararlı bir üyesi olarak uzaklaştırmakta haksızdılar; çünkü çok az iyilik yaptım, bunu itiraf ediyorum ama kötülüğe gelince hayatta bunu arzu etmedim ve dünyada benden daha az kötülük yapmış biri olacağından şüpheyilim.

ÜÇÜNCÜ GEZİNTİ

İşte, yeryüzünde yalnızım; kendimle baş başayım; artık ne kardeşim var, ne bir benzerim, ne dostum ne de ait olduğum bir toplum. İnsanların en şefkatlisi, en cana yakını, bu insanlar arasından sözbirliği ile dışlandı. Bunlar, olanca kinleriyle hassas ruhuma hangi azabın daha çok dokunabileceğini araştırıp, beni kendilerine bağlayan bağları kesip attılar. Onları istemedikleri halde sevebilecektim. Sevgimden ancak insan olmaktan çıkma yoluyla kurtuldular. Mademki öyle istediler, şimdi benim için yabancı, meçhul ve hiçtirler! Fakat onlardan ve her şeyden kopartılan ben neyim? Bana bunu araştırmak kalıyor ama ne yazık ki ilk önce kendi durumuma bir göz atmam gerekiyor; çünkü onlardan bana uzanan yolda ele alınması gereken bir konu bu.

Bu garip vaziyete düşeli on beş yıldan fazla bir zaman geçtiği halde bu bana hâlâ bir rüya gibi geliyor. Sindirim güçlüğü çektiğimi, kötü bir uyku uyuduğumu ve uyandığımda dostlarıma yine kavuşacağımı sanıyorum. Evet, hiç şüphesiz farkına varmadan uyanıklıktan uykuya, daha doğrusu hayattan ölüme dalmış olacağım. Nasıl olduysa oldu, olayların doğal gidişatından çekip alınarak, içinde hiçbir şey seçemediğim bir girdaba yuvarlandım ve şimdiki durumumu ne kadar çok düşünürsem, nerede bulunduğumu o kadar az anlayabiliyorum.

Ah! Beni nasıl bir kaderin beklediğini önceden nasıl bilebilirdim? Esiri olduğum bugün bile olanları bir türlü aklım almıyor. Hep aynı adam olan, hâlâ aynı adam olan ben, günün birinde bir canavar, bir katil sayılacağımı, insan ırkının korkusu, ayaktakımının oyuncağı olacağımı, gelip geçenlerin vereceği tek selamın yüzüme tükürmek olacağını, bütün bir kuşağın anlaşarak, beni diri diri gömmekten zevk alacaklarını nasıl tahmin edebilirdim? Şaşkınlık ve isyan beni on senedir hiç dinmeyen bir hezeyan dönemine soktu ve bu süre zarfında hata üstüne hata, budalalık üstüne budalalık yaparak, tedbirsizliğin nedeniyle kaderimi dönüşü olmayacak bir şekilde belirleyenlere kullanacakları yığınla malzeme verdim.

Uzun süre şiddetle olduğu kadar, boşuna da çırpındım. Usta, becerikli, ikiyüzlü ve ihtiyatlı olmadığım gibi; dürüst, açıksözlü, sabırsız, taşkın biri olarak, çırpındıkça daha çok battım ve düşmanlarıma bana yeni kötülükler yapma konusunda fırsatlar verdim. Sonunda bütün gayretlerimin ve üzüntülerimin boşuna olduğunu görüp, alınabilecek tek karara vardım ki; o da kadere isyan etmeden boyun eğmekti. Acı ve boşuna bir direnişin verdiği yorgunluk ile uzlaşmayan o boyun eğişin sağladığı huzur ile derdimi unutabildim.

Bu huzura bir başka şeyin daha katkısı oldu: Bana işkence edenler, olanca kinleriyle bana acı çektirmek için başka başka tertipler düşünürken; durmadan yeni darbeler indirip işkencelerinin etkisini sürekli taze tutarken bir şeyi unuttular. Oysa bana biraz umut ışığı bırakacak kadar becerikli olsalardı, hâlâ ellerinde olacaktım. Bazı yalancı yemlerle beni oyuncakları yapmaya, boşa çıkan beklentilerimin hayal kırıklığı ile her an bir üzüntü kaynağı daha yaratarak, beni yeni acılarla boğmaya devam edeceklerdi. Fakat kaynaklarının hepsini önceden tükettiler; bana hiçbir şey bırakmamakla, kendilerini de her şeyden yoksun bıraktılar. Beni boğdukları iftira, alay, rezalet ve kötülük ne artabilir ne de azalabilir; ne onlar şiddetlendirebilirler ne de ben bundan sıyrılabilirim. Perişanlığımı en son haddine vardırmakta o kadar acele ettiler ki bütün insan kudreti; bütün hilelerinin yardımıyla bile ona hiçbir şey katamaz. Fiziksel acılar bile, bu acıyı artıracağına avutur; beni inletirken içimi çekmekten kurtarır, bedenimin parçalanması yüreğimin parçalanmasını erteleyebilir.

Mademki her şey oldu, daha ne korkum var onlardan? Durumumu daha da kötüleştiremeyeceklerine göre, daha fazla telaşa da düşüremezler. Endişe ve korku; işte, sayelerinde kurtulduğum iki bela; bu da benim için bir tesellidir. Gerçek dertler beni az etkiler; karşılaştığım sorunlarla baş edebilirim ama korktuklarımla asla. Ürkmüş hayal gücüm onları türlü şekillere sokar, genişletir, büyütür. Beklemek, karşılaşmaktan daha müthiştir; tehdit, darbeden daha kötü. Tehdit gerçekleştiğinde ise olaylar hayal gücünden kaynaklanan yanlarından arınarak, gerçek değerini bulur. O zaman bu dertleri, sandığımdan çok daha önemsiz bulur, acı çekerken ferahlarım. Böylece herhangi yeni kaygılardan arınmış, beklemenin getirdiği endişeden kurtulmuş olarak, artık hiçbir şeyin ağırlaştıramayacağı bir duruma giderek daha rahat katlanırım ve duygularım günden güne körelmeye başladığından, yeniden canlandırmak mümkün olamaz. Düşmanlarım, kinlerinden kaynaklanan bütün zulüm yöntemlerini ölçüsüzce harcayarak, işte bana böyle bir iyilik yaptılar. Üzerimdeki egemenliklerini tümüyle kaybettiklerinden, artık onlarla eğlenebilirim.

Tam bir huzur yüreğimi mesken tutalı iki ay bile olmadı. Uzun zamandan beri artık hiçbir şeyden ürkmez olmuştum fakat hâlâ umut ediyordum ve bazen beslenen, bazen başa çıkan bir umut; binlerce değişik tutku ve düşüncenin beni altüst etmesine neden oluyordu. Sonunda, beklenmedik olduğu kadar hüzün verici bir olay, kalbimdeki bu zayıf umut ışığını söndürerek, şu ölümlü dünyada bir daha asla değişmeyecek olan kaderimi görmemi sağladı. O günden sonra kaderime kayıtsız şartız boyun eğdim ve huzura kavuştum.

Bana kurulan tuzakları olanca boyutlarıyla fark eder etmez, bundan böyle, yaşadığım sürece, kamuoyunun desteğini lehime çevirme konusunda başarılı olamayacağımı anladım. Zaten karşılığını görmeyecek olan bu barışın bana artık bir faydası yoktu. İnsanlar bana boşuna geleceklerdi; çünkü beni bulamayacaklardı. Onlarla ilişkilerim, bende yol açtıkları küçümseme duygusu yüzünden hem anlamsız olacak hem de benim için bir yük oluşturacaktı. Şimdi yalnızlığıma rağmen, onlarla beraber olabileceğimden yüz kere daha mutluyum. Toplum içinde yaşamanın bütün zevkini yüreğimden söküp aldılar. Artık bu yaşta o zevki duyamam. Artık çok geç. Bundan sonra iyilik de, kötülük de yapsalar, benim için fark etmez ve çağdaşlarım ne yaparlarsa yapsınlar, benim için bir şey yapamazlar.

Ama, hâlâ geleceğe güveniyor ve daha insaflı bir kuşağın, bugünün kuşağının, gerek hakkımdaki yargısını, gerekse bana olan davranışlarını inceleyip, kendisini yönetenlerin hilelerini meydana çıkaracağını ve beni olduğum gibi göreceğini ümit ediyorum. Diyaloglarımı bana yazdıran ve bunları gelecek nesile aktarmak için beni bin bir çılgınca girişime sürükleyen işte bu umuttur. Uzak bir geleceğe ait bu umudum, bir zamanlar bu yüzyılda insaflı bir yürek ararken, içimde hissettiğim heyecanın aynısını bana hissettiriyor ve uzaklaştırmak istediğim o umutlar, aynı zamanda beni bugünün adamlarının oyuncağı yapıyordu. Diyaloglarımda bu beklentimi neyin üzerine kurduğunu anlattım. Oysa yanılıyordum. Yanıldığımı, son saatim gelmeden önce bir kayıtsızlık ve dinlenme süresi bulabilecek kadar vaktinde anladım. Bu süre, bahsettiğim dönemde başladı ve artık yarıda kesilmeyeceğine inanmak için nedenlerim var.

Kamuoyunun başka bir çağda olsa bile benden yana döneceğini ummakta ne kadar hatalı olduğumu bana ispat edecek yeni yeni fikirlere sahip olmadığım gün yok gibi; çünkü kamuoyu benimle ilgili bütün konularda bana kin güden kurumlarda devamlı yenilenen rehberlerce yönlendirilmektedir. Kişiler ölse de kurumlar ölmez ve bana karşı duyulan kin, bu kurumların yöneticileri değişse bile, hiç değişmiyor. Aynı tutkular orada yaşamaya devam ediyor, kendilerini esinleyen şeytan kadar ölümsüz olan kinleri şiddetini koruyor. Düşmanlarımın hepsi birer birer öldüğünde, doktorlarla, küçük kilise rahipleri hâlâ yaşıyor olacaklar ve düşmanlarım; bu doktorlarla, bu rahiplerden ibaret olsa bile, yaşarken nasıl beni rahat bırakmadılarsa, öldükten sonra hatıramı da rahat bırakmayacaklarına emin olmalıyım. Belki zaman içinde gücendiğim doktorlar yatışabilirler. Ancak sevdiğim, değer verdiğim ve güvendiğim bu kilise mensupları, yarı keşiş Oratoire Katolikleri asla yatışmayacaklar. Suçumun nedeni onların insafsızlıklarıdır; bir suç ki affetmeyecek ve sürekli düşmanlıkla beslenen ve kışkırtılan halk da bana en az onlar kadar düşman kalacaktır.

Yeryüzünde benim için her şey sona erdi. Burada, artık bana ne iyilik ne de kötülük yapabilirler. Bu dünyada umacağım veya korkacağım hiçbir şey kalmadı; mutsuz bir ölümlü, Tanrı gibi duygusuz, uçurumun dibindeyim...

Bundan sonra benim dışımda olan her şey bana yabancı. Bu dünyada ne yakınım, ne benzerim ne de kardeşlerim kaldı. Bu dünyaya yabancı bir gezegenden düşmüş gibiyim. Etrafıma baktıkça herhangi bir şeyi seçebiliyorsam, bu kalbime acı veren, onu parçalayan bir şeydir ve bana ait olan, çevremi saran her neyi görsem beni ya isyana sevk eden ya da ızdıraba düşüren bir nesnedir. Beni, acı verici bir şekilde olduğu kadar, boşuna da meşgul edecek konuları bir kenara bırakalım. Mademki teselliyi, umudu ve huzuru sadece kendimde bulduğum için hayatımın geri kalanında yalnızım, kendimden başka hiç kimseyle ilgilenmemeliyim ki bunu da istemiyorum. Eskiden 'İtiraflarım' diye adlandırdığım titiz ve samimi incelemeye işte bu ruh haliyle devam ediyorum. Son günlerimi, kendimi incelemeye ve yakında hakkımda vereceğim hesabı, önceden tasarlamaya adıyorum. Kendimi tamamen ruhumla konuşma zevkine bırakayım. O ruh ki insanların elimden alamayacakları tek şeydir. İçimdeki eğilimlerin üzerinde düşüne düşüne onları düzene koymayı ve onlarda kalan kötülükleri düzeltmeyi başarabileceksem, derin düşüncelere dalmam hiç de gereksiz olmayacak ve artık bu dünyada hiçbir işe yaramama rağmen, son günlerimi boşuna harcamamış olacağım. Gündelik gezintilerim, çoğu zaman, muhteşem manzaralarla doludur. Hâlâ hatırlayabildiklerimi yazacağım; onları her okuduğumda aldığım haz yenilenecek. Yüreğimin hak ettiği ödülü düşünerek, üzüntülerimi, bana zulmedenleri ve iftira edenleri unutacağım.

Bu sayfalar, ancak hayallerimin gelişigüzel tutulduğu bir anı defteri olacak. Onlarda benden çok söz edilecek. Çünkü, düşünen yalnız bir insan, kaçınılmaz olarak kendisiyle meşgul olur. Gezinirken aklıma gelen bütün tuhaf, alışılmadık düşünceler de bu sayfada yerlerini alacaklar. Düşündüklerimi aklıma geldikleri gibi söyleyeceğim ve aralarında, bir gün önceki fikirlerle ertesi günküler arasında ne kadar ilişki varsa, o kadar ilişki olacak. Fakat, içinde bulunduğum tuhaf durumda ruhumun günlük besinini oluşturan düşünce ve duygular huyumu ve mizacımı daha iyi tanıma fırsatını sağlayacak. Böylece bu sayfalara 'İtiraflarım' diye adlandırdığım kitabın devamı olarak bakılabilir; ancak onlara 'itiraf' adını vermiyorum; çünkü bu ada layık söyleyebileceğim bir şey kalmadı. Yüreğim, bedbahtlığın ateşinde temizlendi; ne kadar dikkatle araştırırsam, onda ayıplanacak herhangi bir eğilim bulamaz gibiyim. Bütün dünyevi sevgiler o kalpten kopartıldıktan sonra itiraf edecek daha neyim olabilir? Kendimi ne övecek ne de yereceğim; artık insanlarla gerçek bir ilişkim kalmadığından, hiçten başka bir şey olamam. Hiçbir iyilik yapamaz oldum ki kötülüğe çevrilmesin. Başkalarına ve kendime zarar vermeden hareket edemiyorum; her şeyden el çekmek, benim yegane görevim oldu ama bedenimdeki bütün bu hareketsizliğe rağmen, ruhum hâlâ faaliyette, hâlâ duygular ve düşünceler üretiyor, sanki onun iç ve manevî hayatı, dünyevî, maddî her türlü ilişkinin kesilmesiyle arttı. Bedenim artık benim için bir yük, bir engelden başka bir şey değil ve ondan elimden geldiği kadar sıyrılmaya bakıyorum.

Bu kadar tuhaf bir durum şüphesiz incelenmeyi ve anlatılmayı hak ediyor ve işte son zamanlarda boş vakitlerimi bunun için kullanıyorum. Bunu başarıyla yapabilmek için düzenli ve belli bir yöntemle çalışmak gerekiyor; ancak bunu yapamam, zaten bu, beni ruhumdaki değişiklikleri ve değişikliklerinin seyrini anlatmak amacımdan uzaklaştırır. Fizikçilerin günlük hava tahmini yapmak için yaptıklarına benzer bazı deneyleri kendime uygulayacağım. Barometre ile ruhumu ölçeceğim ve bu ölçümler iyi uygulanıp, birçok defa tekrar edildiğinde, fizikçilerinki kadar kesin sonuçlar alacağım. Ancak girişimimi bu noktaya kadar vardırmıyorum. Bunu bir yöntem haline getirmeye çalışmaksızın, işlemlerimin kayıtlarını tutmakla yetineceğim. Montaigne'in yaptığına benzer bir işe, kendisininkine tamamen zıt bir amaçla girişiyorum; çünkü o, Denemeler'ini sadece başkaları için yazmışken, ben 'Düşler'i sadece kendim için yazıyorum. Yaşlılık günlerimde, son yolculuğuma yaklaşırken, umduğum gibi, hâlâ şimdiki durumumda kalırsam, onları okumak, bana yazarken duyduğum hazzı hatırlatacak ve geçmiş zamanı canlandırmakla ömrümü iki misline çıkaracak.

İnsanlara rağmen, toplumsal hayatın lezzetine hâlâ zevkle varabilecek, kendi yaşlı halimde benden daha az yaşlı bir dostumla yaşıyormuşçasına yaşayacağım.

İlk 'İtiraflar'ımı ve 'Diyaoglar'ımı, mümkünse gelecek kuşaklara iletebilmem için, onları düşmanlarımın aç ellerinden kurtarmanın çaresini bulma kaygısıyla yazıyordum. Bu eserimi yazarken, artık aynı kaygılar beni endişelendirmiyor, bunun faydasız olduğunu biliyorum ve insanların beni daha iyi tanımaları konusundaki istek yüreğimde söndüğünden, artık, orada belki hepsi yok olmuş bulunan gerçek yazılarımla masumiyetimin anıtlarının akıbetine dair derin bir ilgisizlikten başka bir şey yok. Yaptıklarımın ve hareketlerimin izlenilmesi, bu sayfaların telâş uyandırması, ortadan kaldırılması ve tahrif olunması gibi olayları bundan böyle umursamıyorum. Yazılarımı ne saklıyor ne de gösteriyorum. Ben yaşarken onları ele geçirmekle ne onları yazarken duyduğum zevki, ne içindekilerin anısını ne de meyvesi bulundukları ve kaynağı ancak benimle birlikte dinecek olan düşünceleri, düşüncelerimi benden alabilirler. Başıma gelen ilk felaketler başlar başlamaz, talihime isyan etmemesini ve bugün verdiğim kararı vermesini bilseydim, insanların bütün çabalarının, çirkefliklerinin bana hiçbir etkisi olmazdı; bunlar huzurumu bugünkü başarılarıyla nasıl bozamıyorlarsa, o zaman da hileleriyle bozamazlardı. Attıkları çamurun tadını çıkarsınlar; masumiyetimin keyfini çıkarmama ve son günlerimi onlara rağmen, huzur içinde yaşamama engel olamayacaklar.

DÖRDÜNCÜ GEZİNTİ

Ömrümün değişik evrelerindeki ruhsal durumumu düşünürken, kaderimdeki iniş ve çıkışlar ile bunların üzerimde bıraktığı olumlu ve olumsuz etkilerin arasındaki orantısızlığı görmekten son derece şaşkınım. Kısa süren mutluluklarım, eskiden üzerimde yarattıkları içten ve kalıcı etkilere sahip, hemen hemen hiçbir hoş anı bırakmadı. Buna karşılık hayatımın tüm felaket dönemlerinde, kendimi, üzgün kalbimin yaralarının üzerine iyileştirici bir merhem dökerek, sancısını adeta bir zevke dönüştüren, sevecen, dokunaklı, tadına doyulmaz duygularla tamamen dolu hissediyordum ve şimdi hissettiğim acıların anılarından sıyrılıp, sadece bu tatlı duyguları hatırlıyorum. Bana öyle geliyor ki duygularım, fazla önemli olmadıkları halde insanlarca çok önemsenen ve mutlu sandığımız kişilerin tek meşgalesi olan konulara dağılacağına, deyiş yerindeyse; kalbimde yoğunlaştığında, var olmanın tadına daha çok vardım, gerçekten daha da çok yaşamış gibi oldum.

Etrafımda her şey düzenli olduğunda, beni çevreleyen her şeyden ve yaşamam gereken dünyadan hoşnut kaldığımda, onu sevgi dolu duygularımla doldurdum. Duygularını gizlemeyen ruhum, diğer konulara daldığında, kalbimi durmadan işgal eden hoş bağlanışlarla ve bin bir çeşit zevkle kendimden uzaklaşıp, bir şekilde kendi kendimi unutur, tüm varlığımla bana yabancı olan şeylere ait olur ve kalbimin dinmek bilmeyen çalkantılarında, insan yaşamındaki bütün değişiklikleri hissederim. Bu fırtınalı yaşam ne içimde huzur bırakıyordu ne de fiziksel olarak dinlenebiliyordum. Görünüşte mutluydum ama üzerinde biraz düşündüğümde, bu düşünceyi kanıtlayan ve kendimden hoşnut olabileceğim bir tek duygum yoktu. Ne başkalarından ne de kendimden asla tam olarak memnun değildim.

Dünyanın karmaşası beni sersemletiyor, yalnızlık sıkıyordu; durmadan yer değiştirmek ihtiyacını duyuyor ve hiçbir yerde mutlu olamıyordum. Oysa her yerde herkes tarafından iyi ve güler yüzle karşılanıyor, kabul görüyor ve ağırlanıyordum. Ne bir düşmanım ne de kötülüğümü isteyen, beni kıskanan biri vardı. Gönlümü kazanmaktan başka bir şey istemediklerinden, çoğu zaman ben de birçok kişinin gönlünü kazanma zevkine erişiyordum.

Ne malım mülküm, ne bir mevkim, ne bir yandaşım ne de iyi geliştirilmiş ve iyi bilinen bir yeteneğim olmadığı halde, bütün bunlara bağlı olan avantajların tadını çıkarıyordum ve hiçbir konuda, kaderini benimkine tercih edeceğim kimseyi göremiyordum. Öyleyse, mutlu olmak için neyim eksikti, bilmiyorum; tek bildiğim, mutlu olmadığımdı. Bugün ölümlülerin en bahtsızı olmam için neyim eksik? İnsanların bunu sağlamak için yaptıklarından hiçbiri. İşte bu acınacak durumda bile kimliğimi ve şansımı en mutlu insanlarınkiyle bile değişmem ve bu zengin insanlardan biri olmaktansa, bütün yoksulluğumun içinde kendim olmayı yeğlerdim. Sadece kendime yoğunlaşmış bir şekilde kendi özümle besleniyorum fakat bu öz tükenmiyor ve her ne kadar her şeyi boşuna evirip çeviriyor olsam da, kurumuş düş gücüm ve sönmüş fikirlerim kalbimi artık beslemiyor olsa da, kendi kendime yetiyorum. Uzuvlarım tarafından karartılmış ve engellenmiş olan ruhum, bu ağır yüklerin altında günden güne sönüyor ve eskiden olduğu gibi yaşlı kılıfından sıyrılıp atılacak yeterli gücü kendinde bulamıyor.

Talihsizlik, işte bizi geleceğimiz hakkında bu gibi düşüncelere yöneltir; zaten insanların birçoğunun talihin ters dönmesine tahammül edememeleri bu yüzdendir. Kendimde hatalardan başka kınanacak bir şey bulamayan bana gelince; başıma gelen bütün felaketleri zaafıma veriyor ve teselli buluyorum; çünkü gönlümden isteğimle geçmiş hiçbir kötülük yoktur.

Bununla birlikte, aptal olmadıkça, nasıl korkunçlaştırdıklarını görmeden, acı umutsuzluktan kahrolmadan, nasıl bir an için olsun durumuma göz atılabilir? Oysa aksine, insanların en hassası olan ben, bu durumdan etkilenmiyor ve başka birinin dehşete kapılmadan bakamayacağı bu duruma, hiç savaşmadan, kendimle uğraşmada, adeta tarafsız bir gözle bakıyorum.

Bu noktaya nasıl geldim? Oysa uzun süredir bana hiç fark ettirmeden beni saran bu komplodan ilk kuşkulandığımda, hiç de bu kadar sakin değildim. Bu yeni durum ilk ortaya çıktığında allak bullak oldum. Alçaklık ve ihanet beni gafil avladı. Bu tür acılara hangi dürüst ruh hazırlıklı olabilir ki? Onları beklemek için hak etmiş olmak gerekir. Ayaklarımın altına kazılan tüm tuzaklara düştüm; kızgınlık ve öfkeye kapılarak, kendimden geçerek pusulayı şaşırdım, aklım karıştı ve beni sürekli içinde tuttukları korkunç karanlıklarda, artık ne beni aydınlatacak bir ışık ne de beni sürükleyen umutsuzluğa karşı tutunabileceğim bir dayanak, bir destek göremedim.

Bu korkunç durumda mutlu ve sakin nasıl yaşanırdı? Hâlâ aynı durumda ve bu duruma her zamankinden daha fazla saplanıp kalmış bir haldeydim ama yine de her şeye rağmen huzurlu, mutlu yaşıyordum. Ayrıca huzur içinde, çiçeklerle, onların üreme organlarıyla ve çocukça şeylerle uğraşarak, işkencecilerimi aklıma bile getirmezken, onların durmadan kendilerine ettikleri o inanılmaz eziyetlere gülüyorum.

Bu değişiklik nasıl oldu? Elbette doğal olarak hissedilmeden ve zahmetsizce ilk beklenmedik olayın verdiği şaşkınlık korkunçtu. Kendimi sevgiye ve saygıya layık gören ben, hak ettiğim gibi sayıldığımı ve sevildiğimi sanan ben, aniden hiç var olmadığı kadar korkunç bir canavara dönüştürüldüğümü gördüm. Bütün bir kuşağın, hiçbir açıklama yapmadan, kuşku duymadan, utanmadan bu tuhaf düşünceye kendilerini kaptırdıklarını gördüm ve bu olağanüstü dönüşümün sebebini anlamayı asla başaramadım. Şiddetle çırpındım ama daha fazla dolanmaktan başka bir şey yapamadım. İşkencelerimi dertlerini anlatmaları için zorladım ama kaçtılar. Hiçbir sonuç alamadan, uzun süre üzüntü çektikten sonra, bir soluk almak gerekti. Buna rağmen hâlâ ümit ediyor ve kendi kendime diyordum ki; "Bu kadar aptalca bir körlük, bu kadar anlamsız bir önyargı tüm insanlığı sarmış olamaz. Bu çılgınlığa katılmayan sağduyulu insanlar, alçaklıktan ve hainlerden nefret eden adil ruhlar vardır. Arayalım, belki sonunda bir insana rast gelirim; şayet bulursam, hapı yuttular." Ama boşuna aradım, asla bulamadım. Bana karşı kurulan birlik, evrenseldir, çaresizdir ve dönüşü yoktur ve sırrına asla eremeden bu manevî sürgün içerisinde ömrümü tamamlayacağıma eminim.

Uzun süreli endişelerden sonra, bu hazin durum içinde, sonunda payıma düşeceğe benzeyen bu umutsuzluk yerine, dinginliği, rahatı ve barışı, hatta mutluluğu buldum; çünkü ömrümün her günü bana zevkle bir önceki günü anımsatıyor ve ertesi gün içinde başka bir şey dinlememekteyim.

Bu fark nereden kaynaklanıyor? Tek bir şeyden kaynaklanıyor. Zorunluluğun boyunduruğunu sızlanmadan taşımayı öğrendim. Binlerce şeye bağlanmaya çalışıp, birer birer elimden kaçırdıktan ve tek başıma kaldıktan sonra, tekrar kendi ayaklarımın üzerinde durabiliyorum. Her taraftan baskı altında olmama rağmen, hâlâ dengemi koruyorum; çünkü artık hiçbir şeye bağlanmadan, sadece kendime dayanıyorum.

Genel kanıya bu kadar hararetle karşı çıkarken, hâlâ onun boyunduruğu altındaydım. Saygı duyduğumuz kimseler tarafından sayılmak isteriz ve insanlar hakkında veya en azından birkaç kişi hakkındaki yargılarım, olumlu olduğu sürece, onlarında bana olan yargılarına kayıtsız kalamazdım. Kamuoyunun yargısının çoğu kez adil olduğunu görüyordum ama bu adaletin bile tesadüfen oluştuğunu, insanların fikirlerini dayandırdıkları kuralların, tutkularından veya onlardan kaynaklanan önyargılarından olduğunu görmüyordum; doğru bir yargıya vardıklarında bile, çoğu kez, tıpkı bir başarısından dolayı birisini adalet duygusuyla değil de kendine tarafsız bir hava vermek için yalandan onurlandırırken, aynı kişiye başka konularda rahatlıkla iftira ettikleri olduğu gibi, bu yargıların kötü bir ilkeden doğduğunu bilmiyordum.

Fakat uzun ve boş araştırmalardan sonra, istisnasız hepsinin iblisçe bir ruhun yaratabileceği, en haksız ve saçma bir düzene bağlı kaldıklarını gördüğümde; benimle ilgili konularda, mantığın tüm beyinlere ve adaletin tüm yüreklere yasaklandığını gördüğümde; çılgın bir kuşağın, kimseye asla kötülük yapmamış, kimsenin kötülüğünü istememiş, kimseye kötülükle karşılık vermemiş, bahtsız birine karşı, kendisine yol gösterenlerin kör öfkesine topluca teslim olduklarını gördüğümde; boşuna bir insan aradıktan sonra, sonunda lambamı söndürüp, "Artık insan yok!" diye bağırmam gerekti; o zaman yeryüzünde kendimi yapayalnız görmeye başladım ve çağdaşlarımın bana oranla, içgüdüleriyle hareket eden ve eylemlerini ancak hareket yasaları ile açıklayabildiğim mekanik birer varlık olduklarını anladım. Ruhlarında bulunduğunu varsayabileceğim bazı niyetlerin, bazı tutkuların hiçbirini, bana karşı olan davranışlarını, hiçbir zaman benim anlayabildiğim bir şekilde açıklayamazdı. Böylece iç dünyaları benim için önemini yitirdi. Artık onları, farklı davranışları olan, her türlü ahlakî değerden yoksun yığınlar olarak görüyordum.

Başımıza gelen herhangi bir kötülükte, etkisinden çok, niyete bakarız. Çatıdan düşen bir kiremit bizi daha kötü yapabilir fakat kötü niyetli bir elin atacağı taş kadar derinden etkilemez. Darbe bazen ıskalayabilir ama niyet asla hedefini şaşırmaz. Felek darbesini vurduğunda, acısı en az hissedilen bedensel acıdır ve bu darbeyi yiyen kişi, başına gelenlerden sorumlu tutacağı kimseyi bulamadığında, eziyet etmek amacıyla kadere bir çift göz ve akıl vererek, ona bir kişilik kazandırır ve sorumluluğu ona yükler. Kaybetmeye içerleyen bir kumarbaz, işte bu şekilde, kimse kızdığını bilmeden öfkeye kapılır; kendisine eziyet etmeye kararlı bir yazgının ona saldırdığını düşünür ve öfkesine bir besin bulduğundan, kendi yarattığı bir düşmana karşı hırslanır ve ateş püskürür. Başına gelen tüm felaketlerde, kaçınılmaz bir zorunluluğun darbelerinden başka bir şey görmeden bilge kişi, mantıksız heyecanlara kapılmaz. Acısının etkisiyle bağırır ama bunu kendini kaybetmeden, kızgınlığa kapılmadan yapar; kurbanı olduğu kötülüğün sadece fizikî etkilerini hisseder; aldığı darbeler onu yaralasa da asla kalbine kadar ulaşamaz.

Bu noktaya varmak az şey değildir fakat yine yetmez. Durmak, kötülüğü biçmek ama kökünü orada bırakmak demektir. Çünkü bu kök bize yabancı olan kimselerde değil, kendi içimizdedir ve onu tamamen söküp atmak için çalışmamız gereken yer orasıdır. Kendime gelmeye başlar başlamaz, işte bunları bütün açıklığıyla hissettim. Başıma gelen her olay için yapmaya çalıştığım açıklamalarda, mantığım saçma nedenler gösterdiğinden bütün bunların bilmediğim açıklayamadığım neden, araç ve yollarının benim için birer hiç olması gerektiğini anladım. Yazgımın tüm ayrıntılarını, ne yönünü, ne niyetini ne de ahlakî nedenlerini kestiremeyeceğim saf bir uğursuzluğun belgeleri olarak görmem gerekiyordu, akıl yürütmeden ve karşı çıkmadan buna katlanmalıydım; çünkü bu gereksizdi, kendimi tamamen edilgen biri gibi görmek olduğuna göre, kalan gücümü yazgıma karşı dayanmak yerine, boş yere ona karşı çıkmak için tüketmemeliydim. Kendime söylediklerim işte bunlardı. Mantığım da, yüreğim de bunu onaylıyordu ama yinede yüreğimin hâlâ itiraz ettiğini hissediyordum. Bu itiraz nereden geliyordu? Aradım ve buldum. Bu, insanlara karşı öfkelendikten sonra, mantığa karşı da ayaklanan gururumdan kaynaklanıyordu.

Bu sonuca varmak sanıldığı kadar kolay değildi; çünkü zulmedilmiş masum bir insan kendi önemsiz kişiliğinin gururunu, uzun bir süre adalet aşkı sanma eğilimindedir. Fakat gerçek neden bir kez iyice anlaşıldıktan sonra, hatayı düzeltmek veya en azından geri dönmek kolaydır. Özsaygı, gururlu ruhların en büyük itici gücüdür, hayalleri bol olan gurur kılık değiştirerek bu özsaygının yerini alır ama yapılan sahtekârlık sonunda ortaya çıkıp da gurur artık kendini gizleyemez olunca, o andan itibaren artık korku uyandırmaz ve bastırılması zor olsa da artık kolayca yola gelir.

Hiçbir zaman gururlu olmaya önem vermedim ama insanlar arasında yaşarken ve özellikle yazar olduktan sonra bu yapmacık tutku bende uyanmıştı; belki bendeki gurur herhangi birinden daha azdı, gene de çok büyüktü. Aldığım korkunç dersler, onu çabucak eski sınırları içine geri çekti; önce karşılaştığı haksızlığa isyan etti; sonunda onu hoş gördü; gururum ruhuma sarılarak, kendisini birçok şeyler istemeye sevk eden dış dünya ile tüm ilgisini koparararak, karşılaştırmalarından ve tercihlerden vazgeçerek, yalnızca kendim için iyi olmamla yetindi ve o zaman gururum, yeniden kendimi sevme duygusuna dönüşerek doğanın düzenine dönmüş oldu ve beni kamuoyunun boyunduruğundan kurtardı.

O andan itibaren ruhum huzura kavuştu ve adeta mutlu oldum; çünkü hangi durumda olursak olalım, bizi sürekli mutsuz eden, kendini beğenmişliktir. O susup da aklımız konuştuğu zaman, aklımız, kaçınmamızın mümkün olmadığı tüm mutsuzluklar için bizi teselli eder. Bu mutsuzlukların bize etkisi olmadığında bile akıl bunları imha eder; çünkü onları dikkatle almadığımızda, en kötü darbelerden bile kaçınabileceğimizden emin olabiliriz. Mutsuzlukları düşünmeyen biri için, onlar hiçbir şey ifade etmezler. Katlandığı felaketlerde, o felakete neden olan kötü niyeti değil de yalnızca felaketin kendisini gören biri için sövgüler, hakaretler, intikamlar, kayırmalar hiç önemli değildir. İnsanlar beni ne şekilde görmek isterlerse istesinler benliğimi değiştiremezler ve bütün güçlerine ve sessiz sedasız çevirdikleri dolaplara rağmen ne yaparlarsa yapsınlar, onlara rağmen ne isem o olmaya devam edeceğim.

İnsanların hakkımdaki besledikleri fikirlerin durumumu etkilediği doğrudur; kendileri ile benim arama koydukları engeller, ihtiyarladığım ve ihtiyaçlarımın arttığı bu dönemde beni her türlü kaynaktan yoksun bırakıyor. Hatta parayı bile yararsız kılıyor; çünkü ihtiyaç duyduğum hizmetleri sağlamıyor; onlarla benim aramda artık ne alışveriş, ne karşılıklı yardımlaşma ne de bir iletişim kaldı. İnsanların ortasında yalnızım; desteği ancak kendimde bulabileceğim; oysa bu yaşımda, bu durumda bulacağım destek pek zayıf.

Dertlerim büyük ama öfkelenmeden dayanma gücünü bulduğumdan beri bana işleyemez oldular. Gerçek ihtiyacın kendisini hissettirdiği noktalar azdır. O noktaları çokmuş gibi gösteren alışkanlık ve hayal gücüdür; bu yüzdendir ki endişeye düşer, kendimizi mutsuz ederiz. Bana gelince; yarın eziyet çekeceğimi bilsem de huzurlu olmam için, bugün eziyet çekiyor olmam yeter. Geleceğini bildiğim dertten değil, hissettiğim dertten üzülürüm ki; bu da onu oldukça hafifletir. Yalnız, hasta ve yatağımda terk edilmiş olarak, kimsenin umurunda olmadan yoksulluktan, soğuktan ve açlıktan ölebilirim. Fakat kendim bile bunu umursamıyorsam ve yazgım ne olursa olsun, bundan ancak diğerleri kadar etkileniyorsam, bunun benim için ne önemi olabilir? Özellikle benim yaşamımda, yaşama ve ölüme, hastalığa ve sağlığa, zenginliğe ve yoksulluğa, ün kazanmaya ve ününü kaybetmeye aynı kayıtsızlıkla bakabilmeyi öğrenmek az şey midir? Diğer tüm yaşlılar her şeyden endişelenirler, ben hiçbir şeyden endişelenmem; başıma ne gelirse gelsin, hiçbir şeye aldırmam ve bu kayıtsızlığım kendi bilgeliğimin değil, düşmanlarımın eseridir ve bana yaptıkları kötülükleri telafi etmektedir.

Beni talihsizliğe karşı duyarsız bir hale getirmekle bana kötülük yapmaktan vazgeçerek, yapabilecekleri iyilikten daha da fazla iyilik etmiş olurlar. Bu deneyimi yaşamamış olsaydım, hâlâ korkmaya devam edebilirdim oysa onu idarem altında tutmakla artık ondan korkmamaya başladım.

Hayatımdaki tersliklerin ortasında, bu ruhsal durum, sanki tam bir refah içinde yaşıyormuşçasına, beni yaradılışıma karşı kayıtsızlık içinde bırakıyor. Çevremdeki nesnelerin varlığının beni yine en acı endişelere geri döndürdüğü kısa anların dışında, geriye kalan tüm zamanda, beni çeken eğilimlere teslim olan yüreğim, hâlâ kendisi için yaratılmış duygulardan besleniyor ve bu duyguları yaratıp, benimle paylaşan hayali varlıklardan, gerçekten yaşıyorlarmış gibi zevk alıyorum. Onları yaratan benim için, onlar gerçekten vardır; ne ihanetlerinden korkarım ne de beni terk etmelerinden. Felaketlerim devam ettiği sürece var olacaklar ve felaketlerimi unutturmaya yetecekler.

Her şey beni, yaşamam için yaratıldığım mutlu ve huzurlu hayata geri getirmekte. Hayatımın dörtte üçünü, ya kafamı ve duygularımı zevkle adadığım eğitici hatta zevkli konularla meşgul olarak gönlüme göre yarattığım ve beraber olmanın duygularımı beslediği düş gücümün çocuklarıyla görüyorum ya da hak ettiğimi hissettiğim mutlulukla dolu bir halde, kendimden memnun bir şekilde sadece kendi kendimle geçiriyorum. Bütün bunlarda etkili olan, kendimi koruma içgüdüsüdür, gururun ilgisi yoktur. İnsanların içten pazarlıklı sevgi gösterilerine, abartılı ve alaycı iltifatlarına ve riyakâr muzipliklerine oyuncak olmuş bir halde, insanlar arasında geçirdiğim hazin anlar büsbütün başkadır; nasıl davranırsam davranayım, gurur yapacağını yapıyor. O kaba saba kalıplarının altından kalplerinde gördüğüm kin ve hınç kalbimi parçalıyor; ahmakça gafil avlanmış olmak düşüncesi de anlamsızlığını çok iyi hissettiğim halde bir türlü yenemediğim gururun ürünü olan çocukça öfkeyi o acıya katıyor. Bu aşağılayıcı ve alaycı bakışlara alışmak için gösterdiğim çabalar inanılmayacak kadar çok. Sadece bu acımasız martavallara alışmak amacıyla halkın en çok gittiği kalabalık yerlerden yüzlerce defa geçtim. Sadece başaramamakla kalmadım, hiçbir gelişme kaydedemedim ve bütün zor fakat boş çabalarımın sonunda da, eskisi kadar kolay üzülen, kızan ve öfkelenen biri olarak kaldım.

Ne yaparsam yapayım, duyularımın egemenliği altında olduğum, hiçbir zaman onların yaptırımlarına karşı koymayı bilemediğim ve nesneler, duyularım üzerinde etkili olduğu sürece, kalbim onlardan etkilenmekten kurtulamadı; fakat bu geçici etkiler, sadece onlara neden olan heyecan kadar sürüyordu; kindar bir insanın varlığı beni şiddetle etkiler fakat o kaybolur kaybolmaz bu duygum geçer, onu görmediğim andan itibaren düşünmem de. Benimle uğraşacağını bildiğim halde, uğraşmayı beceremem. Şu anda hissetmediğim kötülük, hiçbir şekilde beni etkilemez, görmediğim işkenceci de benim için yok demektir. Bu durumun, yazgıma hükmedenlere sağladığı kolaylığı hissediyorum. Onu, canlarının istediği gibi kullansınlar, darbelerinden korunmak için onları düşünmek zorunda kalmaktansa, hiç karşı koymadan eziyet etmelerini tercih ederim.

Kimseyi görmediğim günler, yazgımı artık düşünmüyor, hissetmiyor, artık acı çekmiyor, dikkatimi dağıtacak hiçbir şey, hiçbir engel olmadan mutlu oluyorum. Fakat hislerime dokunan herhangi bir darbeden kaçabildiğim enderdir. Bunu hiç aklıma getirmediğim bir anda herhangi bir hareket, karanlık bir bakış, duyduğum zehirli bir söz, rastladığım kötü kalpli biri beni alt üst etmeye yetiyor. Böyle bir durumda yapabildiğim tek şey, çabucak unutmak ve ondan kaçmak oluyor. Kalbimdeki kargaşa ona sebep olan nesne ile birlikte kayboluyor ve yalnız kalır kalmaz huzura kavuşuyorum. Beni kaygılandıran yeni bir üzüntü kaynağına rastlamak. Tek derdim bu fakat mutluluğumu gölgelemeye yetmiyor. Paris'in göbeğinde oturuyorum. Evimden çıkarken kırlara ve ıssızlığa ulaşmak için can atıyorum fakat bunun için o kadar uzaklara gitmem gerekiyor ki; rahatça nefes alabileceğim bir yer bulana kadar, yolumun üstünde canımı sıkan bin türlü konuyla karşılaşıyor ve aradığım sığınağa varmadan önce günün yarısı sıkıntılar içinde geçiyor. En azından, yolumu tamamlamama izin verirlerse, ne mutlu bana! Kötülerin alayından kurtulduğum an, çok mutlu bir andır ve kendimi ağaçların altında, yeşilliklerin ortasında bulduğum zaman yeryüzü cennetinde olduğumu hissediyor ve sanki ölümlülerin en mutlusu benmişim gibi büyük bir iç huzuru tadıyorum.

Pekâlâ, hatırlarım ki bugün bana o kadar hoş görünen yalnız gezintiler, kısa süren refah dönemlerinde sıkıcı gelirdi. Köyde, birinin evinde olduğum zaman, bedenimi hareket ettirmek ve açık havayı solumak ihtiyacı beni çoğu zaman evden yalnız çıkmaya teşvik ederdi ve bir hırsız gibi kaçarak, parkta veya kırlarda dolaşmaya giderdim fakat oralarda, bugün tattığım mutluluk dolu huzuru bulacağıma, salonlardaki tartışmalarda beni boş yere meşgul etmiş olan fikirlerin sıkıntısını oraya taşırdım; geride bıraktığım insanların anısı beni oralarda da izlerdi. Yalnızlık içindeyken, kendini beğenmenin sarhoşluğu ve dünyanın karmaşası yüzünden koruluklarnın tazeliği gözümde donuklaşır, insanlardan uzaklaşmanın verdiği huzur bozulurdu. Ormanın derinliklerine kaçsam da bu boşunaydı; sıkıcı bir kalabalık her yerde beni izliyor ve doğa ile arama bir perde çekiyordu. Toplumun tutkularından ve kalabalığından sıyrıldıktan sonradır ki doğayı bütün güzellikleriyle tekrar buldum.

İrademin hâkim olmadığı o ilk eğilimleri zaptetmenin imkânsızlığını görünce, bu yoldaki çabalarıma son verdim. Her darbede kanım alevleniyor, tüm duygularıma öfke ve kızgınlık hâkim oluyor, tüm gücümün, bu ilk patlamayı ne durdurmaya ne de ertelemeye yetmeyeceğini bildiğimden, tabiatıma boyun eğiyorum. Sadece bu ilk patlamanın devamının gelmemesi için çabalıyorum. Ateşli gözleri kızarmış çehre, uzuvların titremesi, nefesi tıkayan çarpıntıların hepsi tamamen fiziksel tepkilerdir; mantık bu konuda etkili olamaz fakat tabiata ilk patlamasını yapmaya iznini verdikten sonra, yavaş yavaş duygularımızı denetleyerek, tekrar kendimize geliriz; işte uzun süre başarısızlıkta, sonraları da başarıyla yaptığım budur. Boşuna direnerek, gücümü tüketmek yerine aklımı devreye sokarak başarıya ulaşacağım anı bekliyorum; çünkü akıl ancak kendini denetleyebildiği zaman konuşur. Ben neden söz ediyorum ki! Yazık! Aklım mı? Bu başarının onurunu akla verirsem, büyük hata etmiş olurum; çünkü aklımın bu konuda hiç payı yok. Bütün bunlar, güçlü bir rüzgârla dalgalanan ama rüzgârı dindiği anda tekrar sakinleşen değişken mizacımdan kaynaklanmaktadır. Tabiatımın ateşli yanı beni coşturur, tasasız yanı ise sakinleştirir. O andaki bütün güdülere boyun eğerim ve her darbe bende güçlü ama kısa bir harekete yol açar; darbe durduğunda hareket de durur, bana bulaştırılan hiçbir şey uzun süre etkili olamaz. Kaderin tüm cilvelerinin, insanların tüm tertiplerinin bu yapıdaki bir insanın üzerinde fazla etkisi olamaz. Beni kalıcı acılarla etkilemek için dış etkilerin sürekli yenilenmesi gerekir. Çünkü ne kadar kısa olurlarsa olsunlar, araya girecek boşluklar, beni kendime getirmek için yeterlidir. Duygularımı etkileyebildikleri sürece insanların istedikleri gibi olurum fakat ilk serbest kaldığım anda tekrar doğal halime dönerim ve ne yapılırsa yapılsın, değişmeyen halim budur ve bu durum sayesinde, kendisi için yaratıldığımı hissettiğim bir mutluluğu tadarım. Bunu, daha önce düşlerimden birinde anlatmıştım. Bu bana o kadar uygun bir durum ki; sürmesinden başka bir şey arzulamıyorum, bozulmasından başka hiçbir şeyden korkmuyorum. İnsanların yaptığı kötülük, bana hiçbir şekilde dokunmuyor; beni korkutan, yapabilecekleri kötülüktür fakat bana acı çektirebilecek yeni bir oyunları olmadığından emin olduğum için, tüm entrikalarına gülüyor ve onlara rağmen kendi varlığımdan zevk alıyorum.

BEŞİNCİ GEZİNTİ

Mutluluk, bu dünyada insan için yaratılmışa benzemeyen sürekli bir durumdur. Yeryüzündeki her şey, hiçbir cismin sabit bir şekil almasına izin vermeyen sürekli bir bakış içerisindedir. Etrafımızdaki her şey değişir. Biz de değişiriz ve hiç kimse bugün sevdiğini yarın da seveceğinden emin olamaz. Böylece bu hayat için kurduğumuz tüm mutluluk tasarıları birer hayal olarak kalır. İç huzuruna kavuştuğumuzda bundan yararlanalım; kendi hatalarımızla onu uzaklaştırmaktan kaçınalım ama onu zincirlerle bağlamayı tasarlamayalım; çünkü bu tam bir delilik sayılır. Mutlu olan az insan gördüm, belki de hiç görmedim fakat kendinden memnun olan epeyce insan gördüm ve beni etkileyen tüm konular arasında en çok memnun eden de budur. Bunun, duygularımın iç dünyaya olan etkisinin doğal bir sonucu olduğunu sanıyorum. Mutluluğun dıştan görünen hiçbir tarafı yoktur; onu tanımak için, mutlu olan kişinin yüreğini okumak gerekir fakat memnuniyet, gözlerden, tavırlardan, konuşma biçiminden, yürüyüşten belli olur ve bu memnuniyet sanki onu fark edene de bulaşır. Tüm bir milletin bir bayram gününün sevinciyle dolup taştığını, tüm kalplerin, hayatın bulutlarını çabucak ama şiddetle delip geçen zevk ışınları altında parıldadığını görmekten daha büyük bir zevk var mıdır?

M.P.'nin ziyaretime gelerek, olağanüstü bir sabırsızlıkla Mösyö d'Alembert'in Madam Geroffrin üzerine yazdığı övgüyü göstereli üç gün oldu. Okumaya başlamadan önce, yazının gülünç yenilikçi üslubu ve yazıyı doldurduğunu söylediği komik kelime oyunlarına uzun süre kahkahalarla güldü; okumaya başlarken hâlâ gülüyordu. O kadar ciddi dinledim ki; sakinleşti, onun gibi gülmediğimi görünce gülmeyi kesti.

Bu eserin en uzun ve en rağbet gören parçası, Madam Geoffrin'in çocukları görmekten ve konuşturmaktan aldığı zevk üzerine kuruluydu. Yazar, haklı olarak bu davranışın iyi bir karakterin kanıtı olduğunu savunuyordu. Fakat bununla yetinmiyor ve aynı zevki paylaşmayanları kötü karakterli olmakla suçluyordu; öyle ki darağacına götürülenleri veya çarkta eklemleri parçalanmaya mahkûm edilenleri bu konuda sorgulasalar, hepsinin de çocukları sevmediklerini kabul edeceklerini söyleyecek kadar işi ileri götürüyordu. Böyle bir iddia, bulundukları konumda tuhaf bir etki yaratıyordu. Doğru olsa bile sırası mıydı? Saygıdeğer bir kadını methederken işkence ve suç işleyen kişilerin imgeleriyle kirletmenin gereği var mıydı? Bu sevimsiz sevgi gösterisinin arkasında yatan nedeni kolayca anladım ve M.P.'nin okuması bittiğinde, hoşuma giden bölümleri seçerek, yazarın övgüyü yazarken yüreğinde dostluktan çok, nefret olduğunu söyledim.

Ertesi gün, soğuk ama güzel bir hava olduğundan çiçek açmış yosun bulma umuduyla askerî okulun olduğu yere kadar bir yürüyüş yaptım. Yolda giderken, önceki gün yapılan ve d'Alembert'in övgüsü üzerine düş kuruyor, bu sonradan eklenmiş izlenimi veren bölümün yazıya konmasında bir kasıt olduğunu düşünüyordum. Her şeyi gizledikleri, bana bu yazıyı getirmekte gösterdikleri sabırsızlık, amaçlarının ne olduğunu göstermeye yetiyordu. Çocuklarımı kimsesiz çocuklar yurduna vermiştim. Bu, beni hayırsız bir baba gibi göstermek için yeterliydi ve elbette böyle bir olaydan yararlanılarak çocuklardan nefret ettiğim sonucu çıkarılıyordu. Bu düşünce zincirinin aşamalarını izleyerek, insanlık aklının beyazı siyaha dönüştürme sanatında gösterdiği beceriye hayran oldum. Çünkü küçük bebeciklerin, beraber eğlenip oynamalarını görmekten benden daha fazla zevk alan başka biri olduğunu sanmıyorum; sokakta ve gezintilerim sırasında sık sık durup, kimsenin paylaşmadığı bir ilgiyle, çocukların yaramazlıklarını ve oyunlarını seyrederim.

M.P.'nin ziyaretime gelmesinden bir saat önce, ev sahibim Sussoi'nin en büyüğü yedi yaş civarında olan çocukları bana gelmişti. Bana o kadar isteyerek saldırdılar ve ben de onlara o kadar sevgiyle karşılık verdim ki aramızdaki yaş farkına rağmen, benimle beraber olmaktan gerçekten hoşlanmış görünüyorlardı; bana gelince, yaşlı yüzümün onlara itici gelmemiş olmasından son derece mutlu olmuştum.

Küçüğü, yeniden gelmeye o kadar istekli görünmüştü ki; onlardan daha fazla çocuklaşarak, özellikle ona bağlandığımı hissettiğim ve giderken sanki çocuk bana aitmişçesine üzüntü duydum.

Çocuklarımı kimsesiz çocuklar yurduna vermiş olmamı kınamanın biraz büyütülerek, çocuklardan nefret eden hayırsız baba suçlamasına dönüşmesini anlıyorum. Oysa, böyle bir davranışta bulunmamın en önemli sebebi, çocuklarımı gelecekte bekleyen ve hiçbir şekilde engellenemeyecek, bin defa daha kötü bir kaderden korkmuş olmamdı.

Durumum onları yetiştirmeye müsait değildi. Gelecekleri konusunda daha umursamaz olsaydım, o durum içinde çocuklarımı annelerine ya da annenin ailesine bırakırdım ki; birincisi, onları terbiye edemez, şımartır, ikincisi ise birer canavar şekline getirirdi. Bunu düşününce hâlâ irkiliyorum. Muhammed'in Seyyid'e yaptığı, onların bana yapacaklarının yanında hiç kalırdı ve sonradan bana bu konuda kurdukları tuzaklar, bu tasarının önceden hazırlandığını yeterince kanıtlıyordu. Gerçeği söylemek gerekirse, o zamanlar bu korkunç tertipleri tahmin etmekten çok uzaktım ama onlar için en tehlikesiz eğitimin kimsesiz çocuklar yurdunda verileceğini biliyordum ve çocuklarımı oraya yerleştirdim. Yeniden karar vermem gerekse, yine aynı şekilde ve hiç tereddüt etmeden yaparım. Gelenekler, tabiatıma biraz yardımcı olsaydı hiçbir babanın olmayacağı kadar şefkatli bir baba olurdum.

İnsan yüreğini tanımakta azda olsa bir ilerleme kaydettiysem, bunu çocukları görmekten ve incelemekten aldığım zevk sağlamıştır. Aynı zevk, gençliğimde bunu yapmama engel olmuştu; çünkü çocuklarla o kadar neşeyle ve istekle oynuyordum ki onları incelemeyi asla düşünmüyordum fakat yaşlandığımda, buruşuk yüzümün onları irkilttiğini görünce, neşelerini bozacak olan bu zevkten kendimi yoksun bırakmayı yeğledim. Oyunlarını, çevirdikleri küçük dolapları memnun bir şekilde seyrederken, artık özverimin tesellisini, bilginlerimizin hakkında hiçbir şey bilmedikleri doğanın ilk ve gerçek güdüleri konusundaki gözlemlerimin, bana sağladıkları bilgilerde buluyordum. Bu araştırmalara bu işten zevk alan birinin gösterebileceği özen ile giriştiğimi yazılarımda ispat ettim. Héloise ve Emile'nin çocukları sevmeyen birinin eseri olması dünyanın en inanılmaz şeyi olurdu.

Hiçbir zaman çabuk kavrayan ve kendini kolaylıkla ifade eden biri olmadım; hele uğradığım felaketlerden sonra, dilim ve kafam gittikçe daha çok karıştı. Aradığım fikirleri ve gerekli kelimeleri bulamıyordum. Oysa çocuklarla konuşurken kullanılan sözcüklerden daha fazla, sağduyu ve kendisini doğru ifade etmeyi gerektiren hiçbir şey yoktur. Benim için, bu sıkıntıyı daha da arttıran şey de dinleyicilerin gösterdikleri dikkat, özellikle çocuklar için yazdığından, bu konuda yetkili biri olarak kabul edilen bir adamın ağzından çıkan her söze verdikleri önem ve yaptıkları yorumlardı. Bunun doğurduğu rahatsızlıkla kendimde hissettiğim yeteneksizlik beni öylesine heyecanlandırıyor ve şaşırtıyor ki; Asyalı bir hükümdarın huzurunda bile, çene çalmam gereken bir yumurcağın yanında olduğumdan daha rahat ederdim.

Bugün beni onlardan uzaklaştıran bir sakınca daha var. Uğradığım felaketlerden sonra, onları görmekten hâlâ aynı zevki almama rağmen, aynı samimiyeti kuramıyorum. Çocuklar, yaşlılığı sevmiyorlar, tükenen doğanın görüntüsü onlara korkunç derecede kötü görünüyor ve onlarda hissettiğim iğrenme beni fazlasıyla üzüyor; bu nedenle de onları sıkmak ve tiksindirmektense, kendimi onları okşamak zevkinden yoksun bırakmayı yeğliyorum. Sadece gerçekten seven ruhları etkileyebilen bu neden, bizim kadın ve erkek doktorlarımızı hiç ilgilendirmemektedir. Madam Geoffrin, çocuklarla beraber olmaktan hoşlandığı sürece, onların da bunlardan hoşlanıp hoşlanmamalarıyla pek ilgilenmiyordu. Fakat benim için, paylaşılmadığı sürece, bu zevkin hiçbir zevki yoktur ve artık, küçük bir çocuğun kalbinin benimkiyle birlikte neşeyle olduğunu görecek durumda ve yaşta değilim. Yine mümkün olsaydı, bu benim başıma giderek daha az geldiği için, bundan büyük bir zevk duyacaktım. Nitekim geçen sabah Sussoilar'ın küçüklerini severken bu zevki duydum ve bu duyduğum zevk, yalnızca onlara eşlik eden hizmetçinin bana pek fazla karışmamasından ve önünde hareketlerime dikkat etme ihtiyacını daha az duyduğumdan değildi. Daha çok, çocukların bana yaklaşırken büründükleri neşeli havadan ve benimle olmaktan ne hoşnutsuz ne de sıkılmış gibi görünmelerindendi...

Ah, henüz kısa pantolon giyen bir çocuğun yüreğinden kopan saf duygularla kısa bir an tekrar ruhum okşansaydı, bazı gözlerde benimle olmanın sevincini ve memnuniyetini yeniden görebilseydim, yüreğimdeki bu kısa ama tatlı mutluluk anları; yaşadığım felaketleri, uğradığım yıkımları nasıl da unutturudu... Ah, o zaman insanların artık benden esirgediği iyilik dolu bakışları, arasında aramak zorunda kalmazdım. Anılarımda büyük öneme sahip bir yer tutan azıcık örneğe göre yargıda bulunabilirim. İşte, başka bir durumda olsaydım, neredeyse unutmuş olacağım ve üzerimde bıraktığı izlenimle tüm sefaletimi gözler önüne seren biri: İki yıl önce, la Nouvelle France taraflarına gezmeye gittiğimde, biraz daha ilerledim, sonra sola sapıp, Montmartre'ın çevresinde dolaşmak amacıyla Clignancourt Köyü'nün içinden geçtim. Çevreme bakmadan, düş kurarak, dalgın dalgın yürürken, birdenbire birinin dizlerime sarıldığını hissettim. Beş altı yaşlarında, küçük bir çocuktu; bana öyle sevimli ve sıcak bir tavırla bakıyordu ki, içim eridi. Kendi kendime, "Benim çocuklarım da bana işte böyle davranacaklardı," dedim. Kucağıma aldım, kendimden geçercesine defalarca öptüm, sonra da yoluma devam ettim. Yürürken, bir şeyin eksikliğini hissediyordum ve içimde doğan güçlü bir ihtiyaç beni geri dönmeye zorluyordu. Çocuğu böyle aniden bıraktığım için kendime kızıyor, hiçbir neden olmadan yaptığı harekette küçümsenmemesi gereken bir tür esin gördüğümü sanıyordum. Sonunda, içimdeki arzuya boyun eğerek geri döndüm, çocuğa doğru koştum, tekrar kucakladım ve oradan tesadüfen geçmekte olan Nanterre'in küçük ekmeklerinden alması için bir şeyler verdim ve çene çalmaya başladım. Babasının kim olduğunu sordum; fıçıları çemberleyen birini gösterdi. Gidip onunla konuşmak için çocuğu bırakmaya yelteniyordum ki hiç peşimden ayrılmayan hafiyelere benzeyen, kötü suratlı birinin benden önce davrandığını gördüm. Bu adam, fıçıcının kulağına bir şeyler söylerken, babanın hiç de dost olmayan gözlerle bana baktığını gördüm. Bu manzara o anda içimi daralttı ve beni altüst eden bir sıkıntı içinde, geldiğimden daha büyük bir hızla baba ile oğlu terk ettim.

O zamanlardan beri o duyguların sık sık yeniden canlandığını hissederek, çocuğu yeniden görmek umuduyla Clignancourt'dan birçok kez geçtim ama ne onu ne de babasını bir daha göremedim ve bu karşılaşmadan, hâlâ zaman zaman yüreğimize kadar işleyen bütün heyecanlarda olduğu gibi, sadece acı ve hüzünle karışmış, canlı bir anıdan başka bir şey kalmadı.

Her şeyin bir telafisi vardır. Eğer zevk aldığım anlar ender ve kısa ise daha sık olmaları durumundan alacağım zevkten daha yoğun bir zevk alıyorum; bu anıları sık sık hatırlıyorum. Ender olmalarına rağmen saf olmasalardı, refah dolu günlerimde olduğundan daha mutlu olabilirdim. Sefaletin son derecesindeki insan az bir şeyle kendini zengin görür. Birkaç kuruş bulan bir dilenci, bir kese altın bulan bir zenginden çok daha mutlu olur. İnsanlar, düşmanlarımın gözünden gizleyebildiğim bu türden küçük zevklerin ruhumda yarattıkları etkiyi bilseler, bana gülerler. Hatırladığımda, ne kadar iyi yararlandığımı düşünerek sevindiğim, böyle mutlu olaylardan birini, dört beş yıl önce yaşadım.

Bir pazar günü, karım ve ben, Porte Maillot'da akşam yemeğine gitmiştik. Yemekten sonra Boulogne Ormanı'ndan geçerek la Muette'e kadar yürüdük; gölgenin altına çimenlere oturarak, Passy yolundan yavaş yavaş geri dönmek için güneşin batmasını bekledik. Rahibeye benzer birinin gözetiminde, yirmi kadar küçük kız yanımıza geldi; kimi yere oturdu kimi de oynayıp zıplamaya başladı. Onlar oynarken, davulu ve niyet dolabıyla, müşteri arayan bir kâğıt helvacı geçti. Küçük kızların kâğıt helvaları çok istedikleri ve aralarından birkaç kuruşu olan iki üç kızın şanslarını denemek için izin talep ettiklerini gördüm. Rahibe tereddüt edip karşı çıkarken, ben kâğıt helvacığı çağırdım ve ona, "Bütün bu genç hanımlara sırayla kâğıt helva verin; parası benden," dedim. Bu sözler grupta öyle bir sevinç yarattı ki; cebimdeki tüm parayı versem, buna değerdi.

Düzensiz bir şekilde ve biraz telâşla üşüştüklerini görünce, yöneticilerinin de izniyle hepsini bir tarafa sıraladım ve niyet çekenleri birer birer öbür tarafa geçirdim. Boş numara olmadığından ve hiçbir şey kazanmayanlara bile en azından bir kâğıt helva düşeceğinden, herkes memnun olacaktı. Bayram havasını daha neşeli kılmak için de helvacıya gizlice, ustalığını ters yönde kullanmasını, yani elinden geldiği kadar çok şanslı numara düşürmesini, ücretini karşılayacağımı söyledim. Bu sayede yüz kadar kâğıt helva dağıtıldı; çünkü hoşnutsuzluk yaratabilecek istismarlara ve kayırmalara yol açmamak için bu konuda çok katı davrandım. Karım, hissesini fazla düşenlere bunları, arkadaşlarıyla paylaşmayı önerdi; böylece herkesin hissesi eşit oldu ve herkes sevindi.

Teklifime tenezzül etmeyerek reddedeceğinden korka korka, rahibeden de niyet çekmesini rica ettim; severek kabul etti; çekti ve hissesine düşeni yapmacık bir tavır göstermeden aldı. Bundan dolayı kadına adeta minnettarlık duydum. Kendisi, sahte nezaketten çok daha büyük nezaket göstermişti ki hoşuma gitti. Bütün bunlar olurken tartışmalar çıktı; bende hakem tayin edildim. Karşımda davalarını savunan bu küçük kızlar bana, içlerinde bir tek güzel olmadığı halde, kibarlıklarının çirkinliklerini unutturduğunu görme fırsatını verdi.

Sonunda birbirimizden memnun kalarak ayrıldık ve o gün, hatırasını en fazla memnuniyetle andığım, öğleden sonralardan biri oldu. Kaldı ki, bu bayram beni yıkacak kadar masraflı olmadı; en fazla otuz kuruşa mal olmasına rağmen, yüz kuruşluk bir memnuniyet verdi. Gerçek zevkin harcanan parayla ölçülemediği ve sevincin altın liradan çok, değersiz kuruşların dostu olduğu ne kadar doğru. Bu küçük gruba tekrar rastlamak ümidiyle birçok kere aynı yere, aynı saatte geldim ama bir daha onları göremedim.

Bu olay, anısı çok daha gerilerde, aşağı yukarı aynı türden bir başka eğlenceyi aklıma getiriyor: Zenginler ve edebiyatçılar arasına sızarak, bazen onların tatsız zevklerini paylaşmaya zorunluluğu duyduğum o mutsuz günlerdeydi. Ev sahibinin doğum gününde, Chevrette'deydim; bütün aile toplanmış, bu amaçla bir yığın gürültülü parıltılı eğlence düzenlenmişti. Ziyafet, havai fişekler, hiçbir şey esirgenmemişti. Nefes alacak vakit yoktu ve insan eğleneceğine, sersemliyordu. Akşam yemeğinden sonra caddeye, hava almaya çıktık. Bir tür fuar kurulmuş, dans ediliyordu; beyler köylü kadınlarla dans etmeye tenezzül ettiler fakat hanımlar asaletlerini korudular. Baharatlı ekmekler satılıyordu. Bizimle beraber olan genç bir adam, ekmeklerden birini kalabalığın ortasına fırlattı ve ayaktakımının ekmeği kapması, saldırması, dövüşmesi, çekişmesi ve yerlerde yuvarlanması o kadar hoşlarına gitti ki herkes aynı zevki tatmak istedi. Böyle baharatlı ekmekler sağa sola uçuştu, kızlar ve oğlanlar koşuştu, birbirlerinin üstüne çıktılar. Bu manzara seyircilere eğlenceli geliyordu. Onlar kadar eğlenmediğim halde, anlamsız bir uysallığa kapılarak, ötekiler gibi keyif alır göründüm; fakat az sonra, insanları birbirini ezmeye sevk etmek için kesemi boşaltmaktan bıkınca, ayrılıp, fuarda tek başıma dolaşmaya başladım. Oradaki eşyaların çeşitliliği beni uzun süre oyaladı. Beş veya altı Savoielı'nın arasında, sepetinde elden çıkarmak istediği bir düzine kadar elma olan küçük bir kız gördüm. Savoielılar, kızı bu elmalardan kurtarmak istiyorlardı; ama bütün paraları iki veya üç metelik tutuyordu ki elmaları satın almak için yeterli bir ücret değildi. Bu sergi onlar için sanki Hespérides'in bahçesi, kız da onu bekleyen ejderhaydı. Uzun süre bu komedi beni eğlendirdi; sonunda elmaların parasını ödeyip, elmaları küçük oğlanlara dağıtmak şeklinde bir çözüm buldum. O zaman, insan ruhunu okşayabilecek en tatlı insan manzaralarından biriyle, sevinçle kaynaşıp etrafımı saran gençlik masumiyetiyle karşılaştım, seyredenler bile bu sevinci paylaştılar ve bu kadar ucuza bu sevinci paylaşan ben, bunun benim eserim olmasından da ayrıca mutlu oldum...

Bu eğlenceyi, biraz önce bıraktığım eğlenceyle karşılaştırdığımda, zenginlikten kaynaklanan ve özünde alaydan, hor görmeden başka bir şey olmayan zevklerle; sağlıklı tatlar ve doğal zevkler arasındaki farkı memnuniyetle fark ettim. Çünkü sefaletin aşağıladığı insan sürülerinin, ayakları altında ezilmiş ve çamura bulanmış birkaç baharatlı ekmek parçasını kapmak için açgözlülükle birbirlerinin üstüne atıldığını, kendilerini vahşice sakatladıklarını seyretmekten nasıl zevk alınabilir?

Bana gelince, böyle durumlarda ne çeşit bir zevk aldığımı düşündüğümde, bunun iyilik yapma duygusundan çok, memnun yüzler görme zevkinden ibaret olduğunu fark ettim. Benim için bu görüntünün, yüreğime kadar işlediği halde, sadece duyu izleniminden ibaretmiş gibi görünen bir tür çekiciliği var.

Memnuniyete yol açtığından emin olduğum halde, insanlarda bunu göremezsem, aldığım tat yarım kalır. Benim katkımla olmayan, benimle tamamen ilgisiz bir zevk için de durum aynıdır; örneğin bayramlarda yüzleri neşeli görmek, bana her zaman çok çekici gelmiştir. Oysa, çok neşeli bir ulus oldukları halde, yaptıkları kutlamalarda bu neşelerini göstermeyen Fransa'da bu beklentim çoğunlukla boşa çıkmıştır. Eskiden, aşağı tabakadan halkın dans etmesini seyretmek için şehir dışı meyhanelere giderdim fakat dansları öylesine sıkıcı ve beceriksizceydi ki; neşeleneceğime hüzünlenirdim ama gülmenin, sürekli olarak kötülükler halinde buharlaşıp gitmediği Cenevre ve İsviçre'de, bayramlarda her şey mutluluk ve neşe sevinci taşır. Orada, sefalet asla çirkin yüzünü göstermez, şatafat da küstahça davranmaz; huzur, kardeşlik, duygu birliği tüm kalpleri neşelendirir ve sık sık masum bir sevincin coşkusuyla, birbirini tanımayan kişiler yakınlaşır, kucaklaşır ve birbirlerini o günün zevklerini paylaşmaya davet ederler. Bu sevimli bayramların tadına varabilmem için katılmam gerekmez, görmem yeterlidir; seyrederken sevinçlerini paylaşır ve bu kadar neşeli yüzün arasında, kalbi benimkinden daha neşeli olan biri olmadığına emin olurum. Bu, yalnızca duygulardan kaynaklanan bir zevk olsa da bunun mutlaka ahlakî bir sebebi vardır. Kanıtı da kötü yürekli insanların yüzlerinde gördüğüm zevk ve neşe belirtilerinin, kötülük duygularını tatmin etmiş olmanın işaretleri olduğunu anladığımda, aynı görüntünün bana haz vermek yerine, içimi acı ve öfke ile doldurmasıdır. Masum neşe belirtileri yüreğimi sevinçle dolduran tek şeydir. Zalim ve alaycı sevincin belirtileri ise –benimle ilgisi olmasa bile- yüreğimi yakar ve acılara boğar. Bütün bu belirtiler farklı nedenlerden kaynaklandıklarına göre, şüphesiz birbirine benzemez fakat sonuçta hepsi de sevinç belirtisidir ve aralarındaki hissedilir ince farklar, doğal olarak bende doğurdukları duygularla aynı oranda değildir. Acı ve hüzün beni daha çok etkiler; o kadar ki bunlara tanık olunca, ifade ettikleri heyecanlardan belki daha fazlasına kapılırım. Duyularımı destekleyen hayal gücü, beni acı çeken varlıklara özdeşleştirir ve çoğu zaman bana, onunkinden daha büyük bir endişe verir. Mutsuz bir yüz bile dayanamadığım bir görüntüdür; hele benimle ilgisi olduğunu anlarsam!

Eskiden, sürüklenme aptallığını gösterdiğim ve hizmetkârların, ev sahiplerinin konukseverliliklerini bana pahalıya ödettikleri evlerde, söylenerek hizmet eden uşaklarının asık suratlı ve homurdanan tavırlarıyla benden ne kadar çok para kopardıklarını tarif edemem. Hislere dokunan her şeyden ve hele alma veya acı çekme, sevgi duyma veya nefret etme gibi ifadelerden fazlasıyla etkilendiğimden, bu dış etmenlerin beni sürüklemelerine engel olamam, kurtulmak için kaçmaktan başka çare bulamam. Tanımadığım bir yabancının tek bir işareti, bir tavrı, bir bakışı keyfimi kaçırmaya yeter. Ancak yalnız olduğumda kendimi bulurum. Bunun dışında çevremin oyuncağıyım.

Bütün gözlerde iyilikseverlik ya da en azından beni tanımayanların gözlerinde ilgisizlik gördüğüm zamanlarda, yaşamaktan zevk alırdım. Ama insanların, hem gerçek karakterimi gizlemek hem de yüzümü halka belletmek için çabaladığı bugün, ne zaman sokağa çıksam, yürek paralayan görüntülerle karşılaşıyorum; kırlara ulaşmak için acele ediyor ve ancak yeşillikleri görünce nefes almaya başlıyorum. Yalnızlığı seviyorsam, buna şaşmak mı gerekir? İnsanların yüzünde düşmanlıktan başka bir şey görmüyorum, oysa doğa daima bana gülüyor.

Ne var ki, yüzümü tanımadıkları sürece insanların arasında yaşamaktan hâlâ zevk aldığımı itiraf etmeliyim fakat bu zevki yaşamama artık izin verilmiyor. Daha birkaç yıl öncesine kadar, köylerden geçmeyi ve sabahları işçileri, harman dövdükleri aletleri onarırken veya kadınları kapı önlerinde çocuklarıyla birlikteyken görmeyi severdim. Bu görüntülerde yüreğime işleyen, ne olduğunu bilemediğim bir şeyler vardı. Kimi zaman belli etmeden durur, bu iyi yürekli insanların küçük oyunlarını izler ve nedenini bilmeden iç geçirirdim. İnsanların, bu küçük zevk konusunda hassas olduğumu görüp, beni bundan mahrum etmek isteyip istemediklerini bilmiyorum ama ben geçtiğim zaman, köylülerin yüz ifadelerinde fark ettiğim değişiklikler, bana nasıl baktıkları göz önüne alınırsa, beni herkese tanıtma konusunda ellerinden geleni yapmaya özen gösterdiklerini anlamam gerekirdi. Aynı şey, üstelik daha da belirgin olarak, Invalides'de başıma geldi. Bu güzel kurum her zaman ilgimi çekmiştir. Eski Ispartalılar gibi:

"Eskiden biz
Genç, yiğit ve atılgandık."

diyebilen iyi yürekli yaşlı insanlara her zaman sevgi ve saygı ile baktım.

En çok beğendiğim gezilerden biri, askerî okulun civarıydı. Orada eski askerî onurlarını muhafaza eden ve geçerken bana selam veren bazı gazilere rastladım. Yüreğim yüz kat daha hararetle iade ettiği bu selam, gururumu okşar, onlarla karşı karşıya gelme zevkini arttırırdı. Beni etkileyen hiçbir şeyi saklamayı bilemediğim için, sık sık gazilerden ve görünüşlerinin beni nasıl etkilediğinden bahsediyordum. Bir süre sonra onlara artık yabancı olmadığımı, hatta halk nasıl bakıyorsa, onlarında bana öyle baktıklarına göre beni pekâlâ tanıdıklarını anladım. Selam sabah kesildi. İlk kibarlıklarının yerini itici bir tavır, sert bir bakış aldı. Mesleklerinin gereği olan açıkyüreklilikleri, öfkelerini herkes gibi alaycı, ihanet eden bir maskenin ardına gizlemelerine el vermediğim için, nefretlerin en büyüğünü, tüm açıklığıyla gösteriyorlardı ve perişanlığım öyle boyutlara ulaştı ki, öfkesini en az saklayabilenleri daha çok tercih etmeye başladım.

Ondan beri Invalides civarında dolaşmaktan hoşlanmaz oldum. Ancak, onlara karşı olan duygularım, onların bana karşı olan duygularına bağlı olmadığı için, vatanlarını savunan bu adamlara daima saygı ve ilgi duymaya devam ediyorum ama haklarında beslediğim takdire bu kadar kötü karşılık verilmesi ağrıma gidiyor. Aralarından, tesadüfen hakkımda söylenenleri duymayan veya beni tanımayarak, hissettiği kini göstermeyen birine rastladığım zaman, onun beni kibarca selamlaması, ötekilerin kaba tavırlarını telafi eder. Ötekileri unutarak, sadece onunla ilgilenir ve onunda tıpkı benimki gibi, kin barındırmayan bir ruha sahip olduğunu farz ederim. Daha geçen yıl, Cygnes Adası'nda gezmek için suyu geçerken böyle bir zevki tattım. Bir mavnanın içinde zavallı yaşlı bir gazi, karşıya geçmek için başkalarının gelmesini bekliyordu. Kendimi tanıttım; mavnacıya hareket etmesini söyledim. Akıntı şiddetliydi ve karşıya geçmek uzun sürdü. Her zaman olduğu gibi terslenmek ve hırçınlıkla geri çevrilmek korkusuyla, onunla konuşmaya cesaret edemiyorum ama nazik tavrı beni rahatlattı. Sohbet etmeye başladık. Sağduyulu ve görgülü bir adam gibi göründü. Açık ve samimi tavırla beni şaşırttı ve hayran bıraktı, bu kadar saygınlığa alışık değildim; taşradan henüz geldiğini öğrenince, şaşkınlığım geçti. Ona henüz yüzümü tanıtmadıklarını ve hakkımda bilgileri iletmediklerini anladım. Tanışmamış olmaktan yararlanarak biriyle konuşmuştum ve duyduğum mutluluktan, en sıradan zevklerin bile, ender olduklarında daha değerli olduklarını anladım. Sandaldan ineceği sırada cebinden paracığını çıkarmaya hazırlanıyordu. Geçiş ücretini ben ödedim ve onu kızdırma korkusu ile ürpererek, parasını cebine koymasını rica ettim. Kızmadı; aksine, gösterdiğim ilgiden etkilenmiş göründü ve özellikle benden daha yaşlı olduğu için, mavnadan inmesine yardım ettiğim için memnun oldu. Bu durum karşısında mutluluktan ağlayacak kadar çocuklaşacağıma kim inanırdı? Tütün alması için eline yirmi dört metalik sıkıştırmak için can atıyordum ama asla cesaret edemedim. Bana engel olan bu utanç duygusu, çoğu zaman içimi mutlulukla dolduracak iyilikler yapmama engel oldu ve kendimi bundan mahrum ettiğim için aptallığıma yandım. Bizim yaşlı gaziden ayrıldıktan sonra, bu seferde temiz bir işe para karıştırmakla, onun asaletini bozup menfaat kaygısızlığını lekeleyeceğimi ve böylece ilkelerimi çiğnemiş olacağını düşünerek, kendimi avuttum. İhtiyacı olanlara yardıma koşmak gerek ama hayatın günlük ilişkilerinde, bırakalım doğal yardımseverlik ve kibarlık, her biri kendi işlevini yapsınlar, para veya ticaret kaygılarının saf bir kaynağı zehirlemesine izin vermeyelim. Hollanda'da halkın saati söylemek veya yolu tarif etmek için ücret aldığı söylenir. İnsanlığın bu en basit görevlerini ticarete döktüklerine göre, oldukça aşağılık bir halk olmalı.

Misafirperverliğin bir tek Avrupa'da satıldığını gördüm; Asya'nın her yerinde sizi ücretsiz barındırırlar. Belki rahat etmek söz konusu bile değil ama 'Ben insanım ve insanlara konuk oldum,' diyebilmek, az şey mi? Beni barındıran insanlığın ta kendisidir. Yürek, bedenden daha çok gözetilirse, ufak mahrumiyetlere daha kolay katlanılır.

ALTINCI GEZİNTİ

Yaşadığım yerlerin 'ki çok güzel olanları vardı' hiçbiri, Bienne Gölü'nün ortasında yer alan Saint-Pierre Adası kadar beni gerçekten mutlu etmedi ve bende o kadar tatlı hüzünler bırakmadı. Neuchâtel'de, La Motte Adası diye adlandırılan bu küçük ada, İsviçre'de bile çok az tanınır. Bildiğim kadarıyla, hiçbir yolcu ondan söz etmemiştir. Bununla birlikte, dar bir çevrede yaşamayı seven bir insanı mutlu etmek için uygun bir konuma sahip çok hoş bir adadır. Yazgısı tarafından, belki de bu tür bir yaşama mahkûm edilmiş tek insan olabilirim ama şimdiye kadar başka birinde rastlamamış olsam da böyle bir doğa sevgisine sahip tek kişi olduğuma da inanmıyorum.

Bienne Gölü'nün kıyıları, Cenevre Gölü'nün kıyılarından daha yabansı ve daha romantiktir; çünkü orada kayalar ve ağaçlıklar suyu daha yakından çevreler ama daha kasvetli görünmezler. Her ne kadar orada tarlalar ve bağlar daha az işlenmiş olsa da, evler ve şehirlerin sayısı daha az olsa da buna karşılık orada daha çok doğal yeşillik, daha çok çayır, gölgelik korular, sık sık değişen manzaralar ve yer şekilleri vardır. Bu mutlu kıyılarda arabalara uygun büyük yollar olmadığından, burası yolcular tarafından fazla ziyaret edilmez ama doğal güzelliklerle sarhoş olmayı ve kartal çığlıkları, kuşların kesintili cıvıltıları ve dağlardan dökülen çağlayanların sesinden başka bir şeyin bozmadığı bir sessizlikte düşüncelere dalmayı seven yalnızlar için ilgi çekicidir. Hemen hemen yuvarlak olan bu güzel su havzası, ortasında iki küçük ada barındırmaktadır. Biri, yarım fersahlık bir çevresi olan, insanların yaşadığı ve toprağın işlendiği bir adadır; daha küçük olan diğeri ise ıssızdır, toprağı sürülmemiştir ve dalgalarla, fırtınaların büyük adaya yaptığı zararları onarmak için buradan sürekli toprak alınması nedeniyle sonunda yok olup gidecektir. İşte bu şekilde, daima, zayıfın varlığı, güçlünün yararına kullanılmaktadır.

Adada sadece tek bir ev vardır; ailesi ve hizmetçileri ile birlikte bir kâhyanın oturduğu, büyük, güzel ve rahat bir evdir ve adanın kendisi gibi Berne Hastanesi'ne aittir. Adada kalabalık bir kümes, bir kuşluk ve balık havuzları bulunmaktadır. Küçük olmasına rağmen, ada, toprakları ve görüntüsüyle o kadar çeşitlilik göstermektedir ki; her türlü kır manzarasını sunduğu gibi, her türlü ürünün ekimine de elverişlidir. Buralarda tarlalar, bağlar, meyve bahçeleri, koruların gölgelediği ve su kenarlarının daima taze tuttuğu, çeşitli ağaççıklarla çevrelenmiş verimli otlaklar bulunur. İki yanına ağaçlar dikili olan yüksek bir taraça kıyı boyunca adayı çevreler ve bu taraçanın ortasına, komşu kıyılarda oturanların, bağbozumu zamanında pazar günleri buluşup dans etmeye geldikleri, hoş bir salon inşa edilmiştir.

Motiers'de taşa tutulduktan sonra işte bu adaya sığınmıştım. Burada yaşamak o kadar hoştu ki, mizacıma o kadar uygun bir hayat sürüyordum ki, hayatımın sonuna kadar burada yaşamak istiyor ve bu tasarımı uygulamama izin vermemelerinden başka hiçbir endişe duymuyordum; çünkü bu düşünce, şimdiden ilk işaretlerini hissettiğim, onların beni İngiltere'ye sürme tasarılarıyla çakışıyordu. Beni kaygılandıran önsezilerin içindeyken, bu sığınağın benim için daimi bir hapishane olmasını, tüm ömrüm boyunca buraya kapatılmayı ve buradan çıkmak için her türlü imkân ve umudumun yok edilerek, anakara ile her türlü iletişim olanağımın yasaklanmasını, böylece insanların yaptıklarından habersiz olup, var olduklarını unutmayı, onların da benim varlığımı unutmalarını istiyordum.

Bu adada iki aydan fazla kalmama izin vermediler, oysa burada eşimle beraber çok iyi insanlar olan kâhya, onun karısı ve hizmetkârlarından başka çevrem olmadığı halde, -ki zaten bana gereken bundan ibarettir- bir an bile sıkılmadım, iki yıl, iki asır, hatta sonsuza kadar yaşayabilirdim. Bu iki ayı ömrümün en mutlu dönemi sayıyorum, öylesine mutlu ki, yaşadığım sürece bana yeterek, ruhumda bir an bile başka bir durum da bulunmak arzusu uyanmaz, sadece onu yaşamış olmakla yetinirim.

Bu mutluluk neydi, verdiği zevk neden ibaretti. Çağdaşlarıma, orada sürdürdüğüm yaşamı betimleyerek, bu sorunun cevabını bilmelerini sağlayacağım. Değerli farniente tüm hoşluğuyla tadını çıkarmak istediğim, bu zevklerin ilki ve başlıcasıydı ve orada kaldığım sürece yaptıklarım aslında, kendisini aylaklığa adamış birinin o nefis ve gerekli meşgalesinden başka bir şey değildir.

Kendi kendimi mahkûm ettiğim, yardımsız ve fark edilmeden kaçamayacağım, etrafımdaki insanların elbirliği olmaksızın dış dünya ile iletişim kurup haberleşemeyeceğim bu yalnız hayatta, insanların beni kendimle baş başa bırakmaktan başka bir şey istemeyeceklerini ümit ediyor; bu umut, o zamana kadar yaşadığımdan daha büyük bir huzur içinde ömrümü tamamlayabileceğim beklentisini doğuruyor ve yerleşmek için çok zamanım olduğunu düşündüğümden, hiçbir hazırlığa girişmiyordum. Yalnız ve eşyasız halde aniden buraya nakledilince, kitaplarımı ve ufak tefek öteberimi getirttim ve onları açmadan; sandıklarımı ve bohçalarımı geldikleri gibi bırakarak, ömrümün sonuna kadar yaşamayı düşündüğüm bu yerde, ertesi gün ayrılacağım bir handa yaşar gibi yaşadım. Her şey doğal haliyle o kadar iyi duruyordu ki; bütün bu eşyaları iyice yerleştirip dizmek, onları bozmak sayılacaktı. En büyük zevklerimden biri, kitaplarımı iyice sandıklanmış olarak bırakmak ve yazı takımına sahip olmamaktı. Talihsiz mektuplara cevap vermek için kalemi ele almak zorunda kaldığımda, kendi kendime söylenerek kâhyanın yazı takımını ödünç alıyor ve onu tekrar ödünç almaya ihtiyaç duymayacağımı boşuna umarak, acele iade ediyordum. İnsanın içini karartan bütün bu kâğıt ve kitaplar yerine, odamı çiçekler ve otlarla dolduruyordum; çünkü doktor d'Ivernois'nın bir zevk olarak bana aşıladığı ve kısa süre sonra bir tutku haline gelecek bitki bilime merakım yeni uyanmaya başlamıştı. Artık ciddi işler için çalışmak istemediğimden, bana seveceğim ve bir tembelin uğraşmaktan hoşlanacağı, eğlencelik bir iş gerekiyordu. Bir 'Flora petrinsularis' oluşturmaya ve adadaki bitkileri, birini bile atlamadan, geriye kalan günlerimi dolduracak kadar ayrıntılı bir şekilde betimlemeye giriştim. Bir Alman'ın limon kabuğu üzerine bir kitap yazdığı söylenir; ben ise çayırdaki her ot, her ağaç yosunu, kayaları halı misali kaplayan dikenlerin her biri için bir kitap yazabilirdim; sonuç olarak bütün ayrıntılarıyla yazmadığım tek bir ot tanesi, tek bir bitki atomu kalmasın istiyordum. Bu güzel tasarımdan dolayı, her sabah, hep beraber yaptığımız kahvaltıdan sonra, elimde büyütecim, koltuğumun altında 'Systema Naturae' kitabım bir mevsim birbiri ardına ziyaret etmek amacı ile küçük karelere ayırdığım adanın bir bölgesine gidiyordum. Bitkilerin yapıları, organizmaları ve benim için tamamen yeni olan üreme mekanizmalarının işleyişi konusunda yaptığım her keşifte duyduğum coşku ve hayranlıktan daha olağanüstü hiçbir şey olamazdı. En yaygın türlerde, daha önce en ufak bir fikre sahip olmadığım cinslerin özelliklerini ayırt etmek beni mest ediyordu ve bunun daha ender bulunan türlerde de olmasını bekliyordum. İlk defa gözlemlediğim, ballıbabanın iki uzun erkek organının çatallaşması, ısırgan otu ve yapışkan otununkinin yay gibi olma özelliği; kına çiçeği meyvesinin ve şimşir ağacındaki kapsülün patlaması ve bunlar gibi meyve vermenin binbir küçük oyunu içimi sevinçle dolduruyor ve La Fontaine'in herkese, "Habakuku okudunuz mu?" diye sorması gibi, her önüme gelene ballıbabanın boynuzlarını görüp görmediğini soruyordum. İki üç saatin sonunda yağmur yağması halinde, öğle yemeğinden sonra beni evde oyalayacak kadar zengin bir hasatla yüklenmiş olarak geri dönüyordum. Sabahın geri kalan bölümünde, kahya, karısı ve Thérèse ile onların işçilerini ziyarete, ürünlerini görmeye gidiyor ve çoğu zaman onlarla beraber işe ben de el atıyordum; öyle ki ziyaretime gelen Bernliler beni sıklıkla ağaçların tepesine tünemiş, belime bağlı bir torbaya meyveleri doldurup, sonra da onu bir iple aşağı sarkıtırken buluyorlardı. Sabahları yaptığım beden hareketleri ve bunun doğal sonucu olan keyif ve neşe, öğle yemeği boyunca dinlenmemi çok hoş ve zevkli bir hale getiriyordu fakat bu dinlenme çok uzayıp, güzel hava beni çağırdığında, bu kadar uzun süre bekleyemiyor ve daha herkes masadayken kaçıp tek başıma bir sandala atlıyor, sular durgunsa gölün ortasına kadar açılıyor ve orada boylu boyunca sandalın içine uzanıp, gözlerimi gökyüzüne çevirerek, kendimi suyun çalkantısına bırakarak dalıp gidiyor, bazen saatler boyunca, belli ve sabit bir konusu olmayan, ama yaşamın zevklerine yüz defa tercih ettiğim, binlerce karmaşık fakat tatlı düşlere dalıyordum. Çoğu zaman, güneşin alçalması dönüş saatinin geldiğini hatırlattığında, adadan o kadar uzaklaşmış olurdum ki; gece olmadan dönebilmek için tüm gücümle çabalamak zorunda kalırdım. Bazen de suya açılmak yerine, tertemiz suların ve serin gölgeliklerin çoğu zaman beni yüzmeye davet ettiği adanın yemyeşil kıyılarını takip etme zevkine ulaşırdım. Fakat en sık yaptığım deniz yolculuğu, büyük adadan küçüğüne doğru gitmek, orada karaya çıkarak tüm öğle sonrasını kimi zaman keçisöğütleri, akçaağaçlar, pireotları ve çeşitli ağaççıkların arasında dar bir alanda gezinerek, bazen çim, yaban kekiği, çiçek ve hatta evliyaotu ve bir zamanlar ekildiği anlaşılan yonca ile kaplı küçük kumlu bir tümseğin üzerinde oturarak geçirmekti ki; burası, tavşanların hiçbir şeyden korkmadan ve hiçbir şeye zarar vermeden huzur içinde yerleşip çoğalmaları için uygun bir yerdi. Bu fikrimden kâhyaya söz ettim, o da Neuchatel'den erkek ve dişi tavşanlar getirtti ve karısı, kız kardeşlerinden biri, Thérèse ve ben, büyük bir tantanayla tavşanları götürüp, daha ben adadan ayrılmadan önce çoğalmaya başladıktan ve kışın sertliğine dayanabildikleri takdirde çoğalmaya devam edecekleri küçük adaya yerleştirdik. Bu küçük koloninin kurulması ile adeta bir bayram oldu. Argonautların kılavuzu, dostlarımı ve tavşanları muzaffer bir havayla büyük adadan küçük adaya taşırken, en az benim kadar kendiyle gurur duyuyordu ve ben de sudan son derece korkan ve suda kendini her zaman kötü hisseden kâhyanın karısının bana duyduğu güvenle tekneye binip, yol boyunca hiçbir korku belirtisi göstermemesinden gurur duyuyordum.

Göl dalgalı olup sandalla açılmama izin vermediğinde, öğleden sonramı, sağda solda dolaşıp ot toplayarak veya bazen keyfimce hayal kurabileceğim hoş ve ıssız sığınaklarda, bazen de tümseklere oturup, bir taraftan yakındaki dağların, diğer taraftan çok uzaklardaki mavimtırak dağlara kadar uzanan geniş ve zengin ovaların çevrelediği gölün büyüleyici manzarasına ve kıyılarına göz gezdirerek geçiriyordum.

Akşam yaklaştığında, adanın tepelerinden iniyor ve gidip büyük bir zevkle göl kıyısında kumsalda kuytu bir yerde oturuyodum; orada dalgaların gürültüsü ve suyun çırpıntısı tüm duyularıma egemen olup, içimdeki huzursuzlukları kovarak, ruhumu tatlı düşlerle sarıyor ve ben farkına varamadan çoğu kez gece bastırıveriyordu. Suyun bu gelgiti ile sürekli devam edip, aralıklarla yükselen ve durdurak bilmeden gözlerime çarpıp, kulaklarımı dolduran hışırtı, düşlerin sakinleştirdiği içimdeki kıpırdanışların yerini alıyor ve düşünme zahmetine katlanmadan, büyük bir hazla yaşadığımı hissetmem için yeterli oluyordu. Ara sıra suyun yüzeyinin hareketli görüntüsünün verdiği esinle, dünyadaki her şeyin değişkenliği konusunda bir düşünce bir anlığına aklımdan gelip geçiyordu fakat bu zayıf izlenimler, çok geçmeden dalgaların beni sakinleştiren ve ruhumun hiçbir katkısı olmaksızın beni kendine bağlayan tekdüze hareketi içinde siliniyordu. Öyle ki gitme saati yaklaştığında, oradan kolay kolay ayrılmıyordum.

Gece güzel olduğunda, akşam yemeğinden sonra, göl havasını ve serinliği solumak için, yine hep beraber taraçada gezintiye çıkıyorduk. Yaz evinde dinleniyor, gülüyor, konuşuyor, şimdiki teranelerden herhalde çok daha güzel eski şarkıları söylüyor ve sonunda geçirdiğimiz günden memnun, ertesi günün de öyle geçmesinden başka bir dileğimiz olmaksızın, yatmaya gidiyorduk.

Beklenmedik ve can sıkıcı ziyaretler bir yana bırakılırsa, bu adada kaldığım sürece, vaktimi işte böyle geçirdim. Şimdi bana on beş yıl sonra bile, oradaki güzel günlerimi andıkça her defasında büyük bir özlemle kendimden geçmeme ve kalbimin bu kadar derin, tatlı ve uzun ömürlü bir hüzünle dolmasına neden olacak kadar orayı çekici kılan şeyin ne olduğunu söylesinler.

Uzun bir ömrün iniş çıkışlarında gördüm ki; en zevkli dönemler, hafızamda beni en çok çeken ve duygulandıran hatıralar olarak kazınmış olanlar değildir. Kısa süreli bu çılgınlık ve tutku dönemleri, ne kadar canlı olsalar da hatta bu canlılıklarından dolayı hayat çizgisinde oldukça seyrek noktalardır. Bu anlar, ruhsal bir durum yaratamayacak kadar ender ve geçicidir; kalbimin özlemiyle dolduğu mutluluk ise; gelmesiyle gitmesi bir olan anlardan oluşmamıştır; basit ama sürekli bir durumdur, hiçbir canlılık taşımaz ama zaman geçtikçe daha da çekicileşerek, sonunda en büyük mutluluk haline gelir.

Yeryüzünde her şey sürekli bir akış halindedir. Hiçbir şey kesin ve kalıcı bir şekil almaz ve dış etkenlere bağlı olan duygularımız doğal olarak onlar gibi geçici ve değişkendir. Ya arkamızda kalan ya da önden giden bu sevgilerimiz bazen yok olmuş geleceği hatırlatır, bazen de çoğu zaman gerçekleşmeyen geçmişi bildirir. Bunlarda kalbin bağlanabileceği sağlam bir şey yoktur. Onun içindir ki yeryüzünde ancak geçici zevklerle oyalanabiliriz; sürekli mutluluğun var olduğuna inanmam. En büyük mutlulukları tadarken bile yüreğimizin bize gerçekten, "Bu anın her zaman sürmesini isterdim," diyebildiği bir an çok enderdir. Geçmişte kalan bir şeyi özlememize veya gelmemiş bir şeyi arzulamamıza sebep olarak kalbimizi hâlâ endişe içinde ve bomboş bırakan geçici durumlara nasıl mutluluk diyebiliriz?

Ama ruhumuzun, zamanın kendisi için hiçbir şey ifade etmediği, şimdiki zamanın geçişine dair iz bırakmadan, -hiçbir yoksunluk veya korku, yani var olduğumuzu hissetme duygusu dışında hiçbir duygunun izini taşımadan- sürüp gittiği, ruhumuzun sadece bu duyguyla dolduğu; ruhumuzun, geçmişi anımsamaya veya geleceğe uzanmaya ihtiyaç duymadan rahatça dinlenebileceği ve bütün varlığını yoğunlaştırabileceği yeterince sağlam bir temel ve onun bu temeli bulabildiği bir durum varsa, bu durum devam ettiği sürece insan kendini mutlu sayabilir; söz konusu olan da yaşamın zevklerinde olduğu gibi eksik, zavallı ve göreceli bir mutluluk değil de insan ruhunda doldurulması gerekli bir boşluk olduğu duygusu bırakmayan yeterli, mükemmel ve tam bir mutluluk olur. Suyun akıntısına bıraktığım sandalın içinde uzanmış yatarken olsun, dalgalı gölün kıyılarında veya bir derenin mırıldanarak aktığı güzel bir kıyıda çakılların üzerinde otururken olsun, Saint-Pierre Adası'nda yalnız başıma daldığım düşlerdeki ruhsal durumum işte böyleydi.

Böyle bir durumda hayattan nasıl zevk alınır? Kendi dışımızda hiçbir şeyden değil, sadece kendimizden ve kendi varlığımızdan zevk alınır ve bu durum sürdükçe, tıpkı Tanrı gibi, insan kendi kendine yeterli olur. Diğer tüm duygulardan arınmış var olma duygusu, şu dünyadaki yaşamımızı durmadan altüst edip, ondan alabileceğimiz zevkin önüne geçen bütün duygusal ve dünyevi izlenimleri kendisinden uzak tutmasını bilenler için, varoluşu değerli ve hoş yapmaya yetecek olan bir memnuniyet ve huzur duygusudur. Ama sürekli olarak tutkularının esiri olduklarından, insanların çoğu bu durumu pek az tanır ve bu duyguyu kısa bir süre boyunca eksik olarak tattıklarından, gerçek büyüsünü hissetmelerine yetemeyecek kadar karanlık ve karmaşık bir mutluluk kavramına sahiptirler. Hatta bu tatlı kendinden geçme arzusuna açlık duymaları yüzünden, gereksinimlerinin durmadan yenilenip, onlara yeni görevler yüklediği etkin yaşamdan tiksinmeleri bugünkü koşullar içinde pek iyi olmaz ama toplumdan çıkarılmış olan ve artık bu dünyada ne kendine ne de başkalarına yarayacak hiçbir şey yapamayan bir talihsiz, bu durumda kaderin ve diğer insanların elinden alamayacağı bir mutluluk telafisi bulur.

Bu mutluluğun telafisi duygusunun her ruh tarafından her durumda hissedilemediği bir gerçektir. Kalbin huzur içinde olması ve hiçbir tutkunun bu sükûneti bozmaması gerekir. Bunları hisseden kişinin ruhen hazır olması, çevre koşullarının da buna katkısı gerekmektedir. Ne tam bir dinlenme ne de çok fazla heyecan gerekir; gereken sadece sarsıntıları ve kesintileri olmayan, tekdüze ve hafif bir harekettir. Hareket olmadan hayat sadece aşırı bir uyuşukluktur. Şayet hareket dengesiz veya çok şiddetli olursa, uyandırır; çevremizdeki nesneleri bize hatırlatarak, düşün büyüsünü bozar, bizi kendi içimizden kopararak, derhal kaderin ve insanların boyunduruğu altına sokar ve mutsuzluk duygumuzu canlandırır. Mutlak bir sessizlik, kedere sürükler. Bu, ölümün görüntüsüdür. O zaman neşeli bir düş gücünün yardımı gereklidir ve bu yardım, Tanrı'nın bu nimetle ödüllendirdiği kişilere doğal olarak gelir. Dışarıdan gelmeyen hareket, içimizde oluşur. O zaman daha az dinlenilir; bu doğru, ancak hafif ve tatlı düşünceler, ruhu derinden sarsmadan, deyiş yerindeyse, yalnızca yüzeyine değerek geçtiğinde, bu dinlenme daha hoş, daha tatlıdır. Bu düşüncelerin kendimizi hatırlatacak ve dertlerimizi unutturacak kadar var olmaları yeterlidir. Böylesi düşler insanın rahat olduğu her yerde zevk verebilir ve sıkça düşündüm ki; Bastille'de veya gözüme hiçbir eşyanın ilişemeyeceği bir zindanda bile tatlı düşler kurabilirim.

Fakat itiraf etmek gerekir ki; bana yalnızca neşeli imgelerin sunulduğu, hiçbir şeyin üzüntü verici anıları hatırlatmadığı, az sayıdaki yerel halkın beni sürekli meşgul edecek kadar ilginç olmasına rağmen, uysal ve tatlı olduğu bir adada bütün gün hiçbir engelle karşılaşmadan ve hiç titizlenmeden canımın istediğini yapabildiğim ya da tembelliğimi rahatça sürdürdüğüm, dünyadan doğal sınırlarla ayrılmış verimli ve ıssız bir adada, bu daha iyi ve daha hoş bir şekilde yapılabiliyordu. En sevimsiz nesneler arasında bile hoş hayallerle beslenmesini bilen ve duyularıyla kavradığı tüm nesnelerle düşlerini zenginleştirebilen bir düşçü için bu, kuşkusuz iyi bir fırsattır. Uzun ve tatlı bir düşten çıkıp, kendimi yeşillikler, çiçekler ve kuşlarla çevrili bulduğumda ve gözlerimi berrak ve billur gibi bir suyu çevreleyen ve romanlardakileri andıran kıyılarda gezdirdiğimde, bu büyüleyici görüntüleri kurgularımla kaynaştırıyor ve sonunda yavaş yavaş kendime gelip, beni çevreleyen doğaya kavuştuğumda, kurgu ile gerçeği ayıran noktayı belirlemekte güçlük çekiyordum; çünkü yaşadığım bu güzel yerde her şey içine kapanık ve yalnız hayatımı güzelleştirmek için katkıda bulunuyordu. Bu hayat bir daha yaşanabilse! Oradan hiç ayrılmadan ve yıllardan beri büyük bir zevkle başıma yığdıkları her türlü felaketi bana hatırlatan, kıta sakinlerinden hiçbirini oraya kabul etmeden, ömrümün geri kalanını bu sevgili adada, oradan bir daha hiç çıkmamak üzere yaşayabilsem! Çok geçmeden onları ebediyen unuturdum; şüphesiz onlar beni aynı şekilde unutmayacaklardı ama oraya gelip de rahatımı bozamadıktan sonra bunun benim için ne önemi olabilirdi? Ruhum toplum yaşamının karışıklıklarının yol açtığı dünyevi tutkulardan kurtulduğunda, sık sık bu atmosferin üstüne çıkarak, kısa sürede sayılarının artacağını umduğu semavi ruhlarla zamanından önce temasa geçerdi. Biliyorum, insanlar, kalmama izin vermedikleri bu mutlu sığınağa dönmeme de izin vermeyecekler. Fakat en azından, düş gücünün kanatları üzerinde her gün oraya gitmeme ve birkaç saat süreyle, hâlâ orada yaşıyormuş gibi aynı zevki duymama engel olamayacaklar. Orada yapacağım en tatlı şey, keyfimce düş kurmaktır. Orada olduğumu düşleyerek, şimdi de aynı şeyi yapmıyor muyum? Hatta daha fazlasını yapıyor, soyut ve tekdüze düşlere, onları canlandıran büyüleyici imgeler katıyorum. Kendimden geçtiğim zamanlarda, çoğunlukla bu imgelerin anlamına varamazken, şimdi düşlerim derinleştikçe bana daha renkli görünüyor. Çoğu zaman, gerçekten orada olduğum anlardan çok daha fazla onların arasındayım ve daha fazla zevk duyuyorum. Ama şanssızlığa bakın ki; düş gücüm ateşini yitirdikçe, bu daha da zor ve kısa süreli oluyor. Ne yazık ki, ruhun en silik olduğu an, bedeni terk etmeye başladığı andır.

YEDİNCİ GEZİNTİ

İçinde bulunduğum genel ruh halini tanımlamayı, bir faninin düşebileceği en tuhaf durumda tasarlayınca, bunu yerine getirmenin en basit ve en emin yolunu, yalnız dolaşmalarımı ve onları dolduran düşleri oldukları gibi kaydetmekte buldum. Bu yalnızlık ve tefekkür saatleri, dikkatim dağılmadan, engellenmeden, tamamen kendim olduğum, kendime ait olduğum ve doğanın istediği gibi olduğumu gerçekten söyleyebildiğim günün yegâne saatleridir.

Bir süre sonra, bu tasarımı gerçekleştirmekte çok geciktiğimi anladım. Canlılığını kaybeden hayal gücüm, eskisi gibi onu canlandıran konuların görüntüsüyle coşmuyor; düşlerimin coşkusuyla daha az sarhoş oluyorum. Hayal gücümün ürünleri arasında artık yaratmaktan çok, hatırlama var. Tatlı bir uyuşukluk bütün yeteneklerimi köreltiyor, yaşama zevki yavaş yavaş yok oluyor. Ruhum, köhne kabuğundan uçmakta zorlanıyor ve hak ettiğimi düşünüp, beklediğim duruma kavuşma ümidi olmasa, yalnızca hatıralarımla yaşayacağım. Böylece büsbütün güçten düşmeden önce kendime bakabilmem için, en azından birkaç yıl geriye, şu ölümlü dünyadaki tüm umutlarımı yitirip, kalbimi besleyecek hiçbir gıda bulamadığımdan, onu kendi özünden beslemeye kendimi yavaş yavaş alıştırdığım ve onun besinini kendi içimde aradığım döneme geri dönmeliyim.

Çok geç keşfettiğim bu çare, öylesine verimliydi ki çektiğim bütün acılar telafi oldu. Kendimle karşı karşıya kalma alışkanlığı sonunda bana dertlerimi hissettirmez oldu. Gerçek mutluluğun kaynağının bizde olduğunu, mutlu olmayı bileni bedbaht etmenin insanların elinde olmadığını öğrendim. Dört veya beş yıldan beri, sevgi dolu, yumuşak ruhların düşüncelere dalmaktan aldığı manevî zevki duymaktaydım. Yalnız dolaşırken hissettiğim bu esrimeler, bu kendinden geçmeler, bana zulmedenlere borçlu olduğum zevklerdi. Onlarsız kendimde taşıdığım hazineleri ne bulur ne de görürdüm. Bu kadar zenginliğin ortasında bu zenginliklerin aslına sadık bir kaydı nasıl tutulabilir ki? Böylesine tatlı düşleri hatırlamak isterken, onları tasvir edeceğime, yine onlara kapılıp gidiyordum.

24 Ekim 1776, Perşembe günü, yemekten sonra büyük caddeleri Chemin-Vert Sokağı'na kadar geçip, Ménilmontant'ın tepelerine ulaştım; orada bağlar ve çayırlar arasındaki dar yollardan Charonne'a kadar uzanan ve bu iki köyü ayıran şirin kırları geçtim, sonra başka bir yola saparak, aynı çayırlardan geri döndüm. Güzel yerlerde dolaşmanın verdiği zevkle, bazen yeşilliğin içindeki bir bitkiyi izlemek için duraklayarak ilerliyordum. Paris yakınlarında çok bol olan bitkilerden ikisine gözüm ilişti. Biri bileşikgiller familyasından picris hieraci-

oides, diğeri maydanozgiller familyasından bupleuron falcatum'du. Bu keşfim beni uzun zaman sevindirip eğlendirdi ve sonunda özellikle yüksek bölgelerde ender rastlanan cerastium aquaticum adlı bitkiye de rastladım ve o gün geçirdiğim kazaya rağmen, yanımda bulunan bir kitabın içinde bitkinin adını bulup, onu ot koleksiyonuma ekledim.

Her birini ayrı ayrı çok iyi tanıdığım, gene de hâlâ hoşlandığım daha birçok çiçek açmış bitkiyi ayrıntılarıyla inceledikten sonra, bu önemsiz gözlemleri yavaş yavaş bir tarafa bırakarak, kendimi, bunların tümünün üzerimde yarattığı o daha hoş ve duygulandırıcı etkiye bıraktım. Bağbozumu birkaç gün önce bitmiş, şehirden gezmeye gelenler çekilmiş, köylüler de kış çalışmalarına geri dönmek üzere kırlardan ayrılmıştı. Henüz yeşil ve taze olan, ancak yapraklarını kısmen kaybetmeye yüz tutmuş, neredeyse ıssız kırlar, her yerde yalnızlığın ve yaklaşmakta olan kışın görüntüsüne bürünmüştü. Gördüklerimden aldığım izlenim, tatlı ve hüzünlü izlenimlerin bir karışımıydı; öyle ki, bu görüntüye yaşıma ve kaderime benzetmemek, benim için imkânsızdı. Ruhum hâlâ canlı duygularla dolu, zihnim de artık sıkıntılarla üzüntülerin soldurduğu birkaç çiçekle süslü olduğu halde, kendimi, masum fakat bahtsız bir ömrün sonunda görüyordum. Yalnız ve terk edilmiş olduğum için ihtiyarlığın soğuk havasını hissetmeye başladığım gibi, sönmeye yüz tutan hayal gücüm, yalnızlık âlemimi gönlüme göre yaratılmış varlıklarla doldurmuyordu. İçimi çekerek, 'Ben bu dünyada ne suç işledim?' diye kendi kendime soruyordum. 'Yaşamak için doğmuştum, yaşamadan ölüyorum. En azından bu benim suçum değil ve beni yaratana, yaratmama engel olunan büyük eserleri olmasa da en azından boşa çıkarılan iyi niyetlerimi, sağlıklı ama işe yaramaz hale getirilmiş duygularımı ve insanların beni horlayarak denedikleri sabrımı sunabileceğim.' Bu düşünceler beni duygulandırıyor, gençlik dönemimden başlayıp, olgunluk yıllarımda da süren; toplumdan dışlandığım dönemi ve nihayet hayatımın sonuna kadar sürecek yılları kapsayan o uzun yalnızlık boyunca, ruhumda olup biteni incelemeye, anlamaya çalışıyordum. Büyük bir mutlulukla, yüreğimdeki sevgiyle ama körü körüne bağlanışlarımı, birkaç yıldır ruhumu besleyen hazin olmaktan çok teselli edici olan düşüncelerimi hoşlanarak hatırlıyor, kendimi onların kucağına teslim ederken aldığım kadar derin bir hazla onları kaleme almaya hazırlanıyordum. Öğleden sonram bu sakin düşüncelerle geçti ve günümden son derece memnun olarak dönmek üzereyken, şimdi size anlatacağım olay, beni düşlerimin iyice yoğunlaştığı hayal dünyamdam çekip aldı.

Saat altı civarında Ménilmontant yokuşunu inip, Galant Jardinier'nin karşı tarafına varmıştım ki önümde yürüyen birkaç kişinin aniden iki yana kaçıştığını ve bir arabanın önünde, beni gördüğünde duramayacak veya yönünü değiştiremeyecek kadar büyük bir hızla koşan Danua cinsi iri bir köpeğin üzerime doğru geldiğini gördüm. Yere yuvarlanmaktan kurtulmanın tek yolunun, köpeğin altımdan geçmesini sağlamak ve bunun için de olabildiğince yükseğe sıçramak olduğuna karar verdim. Şimşek hızıyla geçen ve tartmaya da, uygulamaya da vakit bulamadığım bu düşünce, kazadan önceki son düşüncem oldu. Kendime geldiğim ana kadar ne darbeyi, ne düşüşümü ne de daha sonra olanları hissettim.

Ayıldığımda, neredeyse gece olmuştu. Başıma gelenleri bana anlatan üç dört gencin kollarında buldum kendimi. Danua cinsi köpek, hızına engel olamayınca o koca cüssesiyle bacaklarıma çarpıp beni havalandırmış, başüstü düşerken vücudumun tüm ağırlığıyla üst çenem pürüzlü kaldırıma çarpmış, yolun meyilli oluşu nedeniyle de başım aşağıda, ayaklarım havada müthiş bir hızla yere çakılmıştım.

Köpeğin önünde koştuğu araba, hemen arkadan geliyormuş ve arabacı anında atları durdurmasaymış araba üstümden geçecekmiş. Kendime geldiğimde beni yerden kaldırıp, hâlâ kollarında tutmakta olan insanların anlattıkları bunlardı. O anda içinde bulunduğum tuhaf durumu anlatmadan edemeyeceğim.

Gece ilerliyordu. Gökyüzünü, birkaç yıldızı ve biraz da yeşillik gördüm. Bu ilk duyumsama nefis bir andı. Varlığımı sadece orada hissediyordum. Sanki hayat o anda doğuyor ve gördüğüm bütün nesneleri hafif varlığımla dolduruyordum. Tamamıyla o anı yaşıyor, başka hiçbir şeyi hatırlamıyordum; kimliğim ve başıma gelenler konusunda en ufak bir fikrim yoktu; ne kim olduğumu ne de nerede olduğumu biliyor, ne acı, ne korku ne de endişe duyuyordum. Akan kanıma, bir dereye bakar gibi bakıyor, hiçbir şekilde bu kanın bana ait olduğunu düşünmüyordum. Bütün benliğimde öyle mutluluk verici bir huzur hissediyordum ki; bu olayı ne zaman hatırlasam, insanlarca bilinen hiçbir zevkle karşılaştırılamayacağını düşünüyordum.

Bana nerede oturduğumu sordular; cevap veremedim. O an nerede olduğumu sordum; Haute-Borne dediklerinde, sanki

Kaf Dağı demişler gibi oldum. Sırası ile hangi ülkede, hangi şehirde, hangi bölgede yaşadığımı sordular. Hatırlamam için bu da yetmedi; evimi ve adımı hatırlayabilmem için oradan caddeye kadar olan bütün yolu katetmem gerekti. Tanımadığım ve bir süre bana eşlik etmek nezaketini gösteren bir bey, evimin uzakta olduğunu öğrenince, Temple'dan bir arabaya binmemi tavsiye etti. Durmadan kan tükürmeme rağmen, ne acı ne de yara hissetmeden, gayet hafif bir şekilde, son derece sağlıklı biriymiş gibi yürüyordum. Ancak dişlerimin çok kötü takırdamasına neden olan buz gibi bir soğuktan ötürü titriyordum. Temple'a ulaştığımda, zorlanmadan yürüyebildiğime göre, bir arabada soğuktan donmaktansa yoluma yaya olarak devam etmenin daha uygun olacağını düşündüm. Temple'dan Plâtrière Sokağı'na olan iki buçuk kilometrelik yolu, kalabalıktan ve arabalardan kaçınarak, sağlıklıyken nasıl seçip yürüdüysem, öyle, zahmetsiz yürüdüm. Sonunda eve vardım; sokak kapısına koydukları gizli kilidi açtım, karanlıkta merdiveni çıktım; düşüşüm ile bunu takip eden ve henüz farkına bile varmadığım diğer olaylardan başka kazaya uğramadan odama girdim.

Beni görünce karımın attığı çığlıklar, bana düşündüğümden daha da kötü bir halde olduğumu gösterdi. Geceyi, acımı hiç anlamadan ve hissetmeden geçirdim. Ertesi gün ise gördüklerim şunlardı: üst dudağım iç taraftan burnuma kadar yarılmıştı, ancak dış taraftaki deri dudağımı koruduğu için, dudağım tamamen kopmamıştı. Dört dişim üst çeneye saplanmış, yüzümün o tarafı tamamen şişmiş ve yaralanmıştı; sağ başparmağım ezilmiş ve şişmiş, sol başparmağım kötü bir biçimde yaralanmış; sol kolum ezilmiş, sol dizim oldukça şişmiş ve müthiş bir acıdan bükülemez olmuştu. Fakat böylesine bir düşüşle hiçbir yerimin, hatta bir dişimin bile kırılmamış olması bir mucizeydi.

İşte, geçirdiğim kazanın gerçek öyküsü fakat birkaç gün sonra bu hikâye Paris'te öylesine değiştirilmiş ve saptırılmış bir halde yayıldı ki tanınamaz hale geldi. Önceden böyle olacağını tahmin etmeliydim ama yaşadıklarıma öyle tuhaf ayrıntılar ilave edilerek, öyle imalı sözlerle bahsedildi ki; tüm bu gizem beni endişelendirmeye başladı. Karanlık işlerden hep tiksindim; çevremdeki insanların yıllardır başıma sardıkları bu tip işler duyduğum tiksintiyi iyice artırdı. Bu çağın onca özelliği arasında, sadece birini belirtiyorum ki; o da diğerleri hakkında bir yargıya varmaya yeterince yardımcı olacaktır.

O güne kadar hiçbir ilişkim olmayan polis müdürü Mösyö Lenoir, bana yardımcısını yollayarak hatırımı sordu ve ısrarla yardım teklifinde bulundu ama o anda, bunun rahatlamama faydası olmadı. Yardımcı, tekliflerini kabul etmem konusunda o kadar çok ısrar etti ki kendisine güvenmediğim takdirde doğrudan Mösyö Lenoir'a yazılı olarak başvurabileceğimi bile belirtti. Bu kadar büyük bir ısrar ve takındığı esrarlı ifade, bütün bunların altında boşuna kavramaya çalıştığım bir sırrın olduğunu anlamaya yetti. Geçirdiğim kazanın ve bunun neden olduğu ateşin verdiği heyecan içinde korkuya kapılmam için çok fazla şey gerekmiyordu. Bir sürü endişe verici ve hüzünlü kuruntuya kapılıyor, etrafımda olup bitenleri, artık hiçbir şeye aldırmayan soğukkanlı birinden çok, ateşten sayıklayan biri gibi yorumluyordum.

Bir başka olay, bütün huzurumun kaçmasına yetti. Madame d'Ormoy, anlayamadığım bir nedenle, birkaç senedir beni arayıp duruyordu. Abartılı küçük armağanların, sıkça yapılan ve hiç zevk vermeyen sebepsiz ziyaretlerin gizli bir amacı olduğunu kavrıyor, ancak bu amacın ne olduğunu tam olarak anlayamıyordum. Bana, kraliçeye sunmak üzere yazmak istediği bir romandan bahsetmiş, ben de ona yazar kadınlar hakkında düşündüklerimi söylemiştim. O ise, amacının servetini yeniden kazanmak olduğunu ve bunun için himayeye ihtiyaç duyduğunu bana söylemişti ki buna verecek cevabım yoktu. Ondan sonra kraliçenin yanına kabul edilmeyince, kitabını halka sunacağını söyledi. İnsanların yıllardır başıma sardıkları bu tip işler, duyduğum tiksintiyi iyice artırdı. Ona, benden talep etmediği ve zaten uygulamayacağı öğütlerde bulunmam söz konusu değildi. El yazmalarını yayımlanmadan önce bana göstermek istediğini söylediyse de böyle birşey yapmaması için ricada bulundum, o da vazgeçti.

Günün birinde, nekabet dönemimde, söz konusu kitabını basılmış ve ciltlenmiş olarak bana gönderdi; ön sözünde, benim hakkımda yazılmış öylesine övgüler gördüm ve bu övgüler öylesine can sıkıcı ve yapaydı ki beni çok kötü etkiledi. Kendisini kuvvetle hissettiren bu kaba dalkavukluk, asla iyi yüreklilikle bağdaşamazdı ve bu konuda yüreğimin aldanmasına imkân yoktu.

Birkaç gün sonra, Madame d'Ormoy, kızıyla birlikte ziyaretime geldi ve bana, içinde ilgi çeken bir not yüzünden, kitabının müthiş gürültü kopardığını söyledi; romanı hızla karıştırırken, bu notu şöyle bir fark etmiştim. Madame d'Ormoy gittikten sonra tekrar okudum, iyice inceledim ve ziyaretlerinin ve yaltaklanmalarının, ön sözdeki abartılı övgülerinin nedenini anladım. Kamuoyunun notu bana mal etmesini ve sonuçta, yayımlandığı takdirde, yazarına yapılabilecek suçlamaların bana yöneltilmesini sağlamaktan başka bir amacı yoktu.

Ne bu gürültüyü ne de yapacağı etkiyi durdurmak elimde değildi. Tek yapabileceğim; Madame d'Ormoy ve kızının gereksiz ve gösterişli ziyaretlerinin devam etmesine artık müsaade etmemekti. Bu amaçla anneye yazdığım pusula işte şöyleydi:

'Rousseau, evine hiçbir yazarı kabul etmediğinden, Madame d'Ormoy'a iyiliklerinden dolayı teşekkür eder ve ziyaretleri ile artık onu şereflendirmemesini rica eder.'

Bana, görünüşte nazik olmakla birlikte, bu gibi durumlarda yazılan bütün mektuplar gibi kaleme alınmış bir mektupla cevap verdi. Sözüm ona, hançeri hassas kalbine vahşice saplamıştım ve mektubuna bakılacak olursa, bana olan hisleri öylesine güçlü ve gerçekmiş ki bu ayrılığa asla tahammül edemeyip ölebilirmiş. Doğruluk ve açıksözlülük insanlar için işte böyle cinayet sayılıyor ve kendileri gibi sahtekâr ve kalleş olmamaktan başka suçum olmadığından, çağdaşlarıma kötü ve merhametsiz görünüyorum.

Defalarca sokağa çıkıp, birçok kez Tuileries'ye de uğrayınca, rastladığım kişilerin yüzlerindeki şaşkınlıktan, hakkımda bilmediğim başka şeylerin de olduğunu anladım. Düştüğüm sırada öldüğüm söylentisinin çıkarıldığını öğrendim. Bu söylenti öylesine hızla ve inatla yayılmıştı ki; kral ve kraliçenin yanına kabul edildikten on beş gün sonra bile bundan kesin bir şeymiş gibi bahsedilmekteydi. Hakkımda yazılanlardan öğrendiğime göre, Le Courrier d'Avignon Gazetesi, fırsattan yararlanarak bu mutlu haberi duyururken, ölümümden sonra cenaze törenimde ağıt söylevi adı altında yapılacak hakaret ve sövgüleri önceden tahmin etmekten geri kalmamıştı.

Bu haberi, tesadüfen duyduğum ve hiçbir ayrıntısını öğrenemediğim, daha tuhaf bir durum eşlik etti: Bu da, evimde bulunabilecek eserlerimin müsveddelerinin basılması amacıyla para toplamak için kampanya başlatılmasıydı. Anladım ki ölümümden sonra bana atfedilmek amacıyla bir yazı derlemesi hazır tutuluyormuş; çünkü bulunabilecek gerçek el yazmalarımın aslına sadık bastırılabileceğini düşünmek, on beş yıllık tecrübeden sonra, aklı başında bir adamın aklından bile geçiremeyeceği bir aptallıktı.

Üst üste gelen bu gözlemler ve bunları takip eden diğerleri, sakinleşmiş olduğunu sandığım hayal gücümün yeniden ürkmesine neden oldu ve insanların çevremde durmadan daha da koyulaştırdıkları kör karanlıklar, bana doğal olarak esinledikleri korkuyu yeniden canlandırdılar. Bunların tümüne binlerce yorum yapmaktan ve benim için anlaşılamaz hale getirilen sırları anlamaya çalışmaktan yoruluyordum. Bunca esrarın tek ve değişken sonucu hem kendimin hem de ünümün kaderinin şimdiki kuşak tarafından belirlendiği şeklindeki önceki yargılarımın doğruluğunun anlaşılması oldu; onları yok etmeye çalışacak ellerden geçmeksizin ileriki çağlara hiçbir emanet bırakamayacağıma göre, göstereceğim hiçbir çaba beni bu durumdan kurtaramazdı.

Fakat bu kez, daha ileri gittim. Ortak bir komplo oluşturmak amacı ile bunca şartın bir araya gelmesi, en merhametsiz düşmanlarımın, deyiş yerindeyse, kaderin cilvesiyle yükselmesi, devletin bütün yöneticilerinin, kamuoyunu yönlendirenlerin hepsinin, bütün etkili ve yetkili kişilerin, alttan alta bana diş bileyenlerin arasından sanki özel bir dikkatle seçilip, bu ortak komploya dahil edilmesiydi; yani, bu evrensel anlaşma, tesadüf olamayacak kadar sıradışıydı. Bu komploya katılmaya itiraz edecek tek bir kişi, karşı olacak tek bir olay, engel olması beklenmeyen tek bir durum, komplonun başarısız olmasına yetebilirdi. Fakat bütün iradeler, gelecek, kader, talih, devrimler, her şey insanların eserini sağlamlaştırdı ve bu birliğin bu kadar olağandışı ve çarpıcı olması, bunun başarısının tanrısal buyruklarla alınyazıma yazılmış olduğu konusunda bende hiçbir şüphe bırakmadı. Hem geçmişte hem de bugün yaptığım bir yığın gözlem, bu düşüncemi öylesine doğruladı ki, şimdiye kadar insanların kötülüğünün ürünü olarak gördüğüm olayları, artık insan aklının kavramayacağı ilahi sırlar olarak görmekten kendimi alamıyorum.

Bu düşünce bana acı vereceğine, yüreğimi parçalayacağına, beni teselli ediyor, sakinleştiriyor ve alınyazıma razı olmama yardımcı oluyor. Tanrı'nın isteğiyle olduğu takdirde cehenneme güle oynaya gidebilecek olan Aziz Augustin kadar ileri gitmiyorum. Kaderime boyun eğişimin kaynağı hiç de tarafsız olmamakla birlikte, daha samimi ve herhalde tapındığım mükemmel Varlık'a çok daha layıktır. Tanrı adildir; O, acı çekmemi istiyor fakat masum olduğumu biliyor. İşte güvenmemin sebebi bu; yüreğim ve aklım yanılmadığımı ilan ediyor. Bırakalım insanlar ve kaderim istediklerini yapsınlar. Şikâyet etmeden acı çekmeyi öğrenelim; sonunda her şey yoluna girecek; benim sıram da er geç gelecektir.

SEKİZİNCİ GEZİNTİ

"Öğrene öğrene yaşlanıyorum."

Solon, yaşlandığında sık sık bu mısrayı tekrarlardı. Bunun, kendi yaşlılığım için de geçerli bulduğum bir anlamı var ama yirmi senelik bir tecrübenin bana kazandırdığı bilim pek hazin; cehaleti tercih ederim. Mutsuzluk, şüphesiz çok büyük bir öğretmendir fakat bu öğretmen, derslerini pahalıya ödetir ve faydası da parasına değmez. Ayrıca bu kadar geç alınan derslerden elde edilen kazanımlardan yararlanma zamanı da geçmiş olur. Gençlik, bilgeliği öğrenme, yaşlılık da uygulama zamanıdır. İtiraf ederim ki tecrübe daima bir şey öğretir; fakat sadece bundan sonra yaşayacağımız zamana faydası vardır. Ölme zamanı gelince, nasıl yaşamak gerektiğini anlamanın ne değeri var?

Kaderim ve kaderimi belirleyen insanların tutkuları üzerine hem bu kadar geç hem de acı içinde edinilmiş bilgiler ne işe yarar? İnsanları daha iyi tanımak, beni içine düşürdükleri ızdırapları daha iyi hissetmeme yaradı; gene de bana kurulan tuzakları keşfetmemi sağlayan bu bilgi, onlardan kaçınmamı sağlayamadı. Keşke beni yıllardır gürültücü dostlarımın oyuncağı yapan o budalaca ama tatlı güven içinde kalsaydım da ihanetleri her tarafımı sardığı halde hiçbir şey hissetmeseydim! Gerçi onlara kandığım ve kurbanları olduğum doğrudur fakat beni sevdiklerini sanıyor ve bana hissettirdikleri sevgiyi, onların da karşı duyduklarına inanarak zevk alıyordum. Bu güzel hayaller yıkıldı. Zamanın ve aklın, bana mutsuzluğumu hissettirerek ortaya çıkardığı hazin gerçek, bu durumun çaresi olmadığını ve kaderime boyun eğmekten başka bir yol bulunmadığını anlattı. Böylece, hayatımın tüm tecrübelerinin, benim durumumda bana ne bugün ne de yarın bir faydası var.

Doğduğumuzda girdiğimiz savaş meydanından ölünce çıkarız. Ömrün sonuna varıldığında yarış arabasını iyi kullanmayı bilmenin ne yararı var bize? Yapılacak tek şey kalmıştır, o da oradan nasıl çıkacağını düşünmektir. Yaşlı birinin öğreneceği tek şey, ölmektir fakat aksi gibi benim yaşımda en az yapılan da bu; ölümün dışında her şey düşünülür. Tüm yaşlılar hayata çocuklardan daha fazla bağlıdırlar ve gençlerle karşılaştırıldığında daha zor ayrılırlar hayattan. Çünkü ömürleri boyu bu dünya için çalışmışlar, tüm çalışmaları sona erdiğinde, boşuna emek verdiklerini görmüşlerdir. Bütün emekleri, bütün servetleri, çalışarak geçirilen uykusuz gecelerinin bütün meyveleri gittiklerinde geride kalacaktır. Yaşadıkları sürece, ölürken götürebilecekleri bir şeyler edinmeyi de düşünmemişlerdir.

Tüm bunları zamanında kendi kendime söyledim ama eğer düşüncelerimden daha fazla fayda sağlamayı bilemedimse, bunları tam zamanında düşünmediğimden veya kendime nasıl edemediğimden değildir. Ta çocukluğumdan beri hayatın girdabına kapılmış olan ben, bu dünyada yaşamak için yaratılmadığımı ve gönlümün ihtiyaç duyduğu duruma asla ulaşamayacağımı edindiğim tecrübelerle çok geçmeden öğrendim. Bu nedenle, insanlar arasında bulamayacağımı hissettiğim mutluluğu insanlardan istemeyi bırakan ateşli hayal gücüm, henüz yeni başlayan hayatımın mesafelerini bana yabancı olan bir sahadan atlar gibi atladı ve üzerine yerleşebileceğim rahat bir temel üzerine kondu.

Çocukluğumdan beri eğitimle beslenen ve daha sonraları hayatımı dolduran felaketlerin yaşadığım onca yokluk ve bahtsızlıkla güçlendirdiği bu duygu, beni daima hiçbir insanda göremediğim bir çaba ve özenle varlığımın niteliğini ve amacını araştırmaya itmiştir. Benden çok daha fazla bilgiçlik taslayarak felsefe yapanları gördüm fakat felsefeleri sanki kendilerine yabancıydı. Başkalarından daha bilge olmak istediklerinden, rastladıkları bir makineyi sırf merak için nasıl incelerlerse, dünyanın nasıl oluştuğunu anlamak için de aynı şekilde inceliyorlardı. İnsan doğasını, üzerinde bilgiçce konuşabilmek için inceliyorlardı, kendilerini tanımak için değil. Kendilerini aydınlatmak için değil, başkalarına öğretmek için çalışıyorlardı. Birçokları, iyi kabul edilsin de ne olursa olsun diye kitap yazma sevdasındaydılar; kitapları basılıp yayımlandığında, içindekilerle, onu başkalarına kabul ettirmek ve saldırıya uğradığında, içeriğinin çürütülmemesi için bu içeriğin doğru ya da yanlış olduğuna bakma zahmetine katlanmaksızın onu savunmak dışında hiçbir şekilde ilgilenmez olurlardı. Bana gelince, başkalarına öğretmek için değil, kendim bilmek için istedim öğrenmeyi her zaman. İnsanın başkalarını eğitmeye başlamadan önce, kendisi için öğrenmesi gerektiğine inandım. Hayatım boyunca insanlar arasında yaşarken öğrendiklerimi, ömrümün sonuna kadar kapanacağım ıssız bir adada bile tek başıma edinebilirdim. Yapmak istediğimiz şeyler, büyük ölçüde inanmamız gerekenlere bağlıdır ve en doğal ihtiyaçlarımızın dışında kalan her şeyde, eylemlerimize hâkim olan fikirlerimizdir. Her zaman benimsediğim bu ilke çerçevesinde, sıklıkla ve uzun süre boyunca, hayatıma yön vermek için gerçek amacımı anlamaya çalıştım ve bu amacın bu dünyada aranmaması gerektiğini hissederek, yaşamıma ustaca yön verme yeteneğimin olmamasından dolayı üzülmekten bir süre sonra vazgeçtim.

Geleneklere ve dine bağlı bir ailede doğup, sonra da bilge ve dindar bir rahip tarafından şefkatle eğitilmiş olan ben, çocukluğumdan beri, başkalarının önyargı diye yorumlayacakları ve beni hiçbir zaman terk etmeyen ilkeler ve özdeyişlerle büyüdüm. Daha çocukken, kendi başıma kalmış, okşamalara alıştırılmış, boş gururun cazibesine kapılmış, umutla aldanmış biri olarak, şartların zorlamasıyla Katolik oldum, fakat hep Hıristiyan kaldım ve bir süre sonra alışkanlığın etkisiyle yeni dinime samimiyetle bağlandım. Madam Warens'in verdiği bilgiler ve örnekler, bu bağlılığımı daha da pekiştirdi. Gençliğimin en güzel günlerini yaşadığım kırsal hayatın yalnızlığı, bütün benliğimi verdiğim iyi kitapları okuyup incelemem, şefkatli duygulara olan doğal eğilimimi daha da güçlendirerek, beni adeta Fénelon tarzı bir sofuluğa itti. İnzivaya çekilip derin düşüncelere dalmak, doğayı incelemek, evren üzerine düşünmek, yalnız olan birini sürekli olarak her şeyin yaratıcısına doğru atılmaya ve tatlı bir merak duygusuyla, gördüğü her şeyin amacını ve hissettiği her şeyin nedenini araştırmaya yöneltir.

Kaderim beni dünya kasırgasına yuvarlayınca yüreğimi bir an olsun oyalayacak hiçbir şey bulamadım. Boş zamanlarımın tatlı hatırası, beni her yerde izleyerek, etrafımda bana gelecek ve servet verebilecek olan her şeye karşı bir ilgisizlik, hatta nefrete yol açtı. Karışık isteklerimin kararsızlığı içinde az umdum ve daha az kazandım; çevremde zenginlik ve refah pırıltıları olsa bile, aradığımı sandıklarımın hepsine kavuştuğum takdirde yüreğimin, sebebini bilmeden kavuşmayı istediği bu mutluluğu bulamayacağımı hissettim. Böylece bu dünyaya tamamen yabancılaşmama neden olan mutsuzluklardan önce bile her şey beni bu dünyanın ilgilerinden sıyrılmaya yöneltiyordu. Yoksulluk ile zenginlik, erdem ile yoldan çıkma arasında yalpalayarak, yüreğimde hiçbir kötülük eğilimi olmadığı halde, alışkanlıktan ileri gelen kötü huylar taşıyarak aklımın kurduğu esaslara dayanmaksızın rastgele yaşayarak, görevlerimi hor görmeksizin unutarak, ancak çoğu zaman onları yeterince kavrayamayarak, kırk yaşıma geldim.

Gençliğimden beri, kırk yaşımdaki bu dönemi, başarıya ulaşmak için sarf edeceğim çabaların ve her türlü iddialarımın son sınırı olarak belirlemiş ve varır varmaz her ne halde olursam olayım, o durumdan kurtulmak için uğraşmayarak, geleceği düşünmeden, günü gününe yaşamayı kararlaştırmıştım.

O an geldiğinde kararımı kolayca uyguladım ve bu sıralarda servetim sağlam bir temele oturmuş gibi göründüğü halde, bundan üzüntü duymak şöyle dursun, gerçek bir sevinçle vazgeçtim. Bu aldanışlardan, boş umutlardan kurtulunca, kendimi artık esas zevkim ve en sürekli eğilimim olan kayıtsızlığa ve zihin dinlendirmeye bıraktım. Dünyayı da, şatafatını da terk ettim, her türlü süsten vazgeçtim; artık ne kılıç, ne saat, ne beyaz çorap, ne yaldız, ne yapma saç... Başımda basit bir peruk, çuhadan bol bir elbise. Üstelik, terk ettiğim her şeyi değerli kılmış olan tutkularla arzuları da kalbimden söküp attım. Yapmakta olduğum ve bana hiç uygun olmayan işimden ayrıldım ve her zaman çok hoşuma giden bir işe, belli bir ücret karşılığında beste yazmaya başladım.

Kendimi yenileme işini sadece dış görünüşle sınırlamadım. Şüphesiz daha zor ama daha gerekli olan bir işi yapmam, düşüncelerimi de yenilemem gerekiyordu. Böylece aynı işi iki defa yapmama kararıyla hayatımın geri kalanını ölürken görmek istediğim şekilde düzenleyebilmek için iç dünyamı sıkı bir sınavdan geçirmeye koyuldum.

Ruhumda büyük bir devrim olmuştu; başka bir manevî âlem keşfetmiş, insanların -kurbanı olacağımı henüz bilmediğim- şuursuz kararlarımın saçmalığını anlamıştım; daha kokusu bana ulaşır ulaşmaz iğrendiğim edebi şöhretten başka bir geçim kapısı bulma ihtiyacını duyuyor, meslekî yaşamımın geri kalan kısmı için hayatımın en güzel yarısını geçirdiğim yoldan daha emin bir yol arıyordum. İşte, bütün bunlar beni uzun süredir gerekliliğine inandığım bir iç hesaplaşmaya götürmüştür.

Böylece bu düşünceden yola çıkarak, bu girişimimi sonuna kadar götürmek için elimden gelen her şeyi yaptım.

Dünyaya sırt çevirmem ve o zamandan beri beni terk etmeyen yalnızlıktan zevk alma duygusu bu döneme rastlar. Yazmaya başladığım eser, ancak tam bir inziva içinde yazılabilirdi; toplumun gürültüsünden uzak, uzun ve sakin bir şekilde düşünmeyi gerektiriyordu. Bu, beni bir süre için başka bir yaşam tarzına yöneltti; bu tarz yaşamda kendimi o kadar iyi hissettim ve arzum dışında, zoraki bir süre için ara verdikten sonra, imkân bulur bulmaz, sevinçle tekrar sarıldım. O kadar ki; insanlar, beni yalnız yaşamaya mahkûm edince, onların beni mutsuz olmam için tecrit etmekle mutluluğuma benden çok hizmet ettiklerini gördüm.

Hem buna verdiğim önem hem de sahip olduğumu düşündüğüm ihtiyaçla orantılı olan bir çabayla, kendimi başladığım işe verdim. O zamanlar eskilerine hiç benzemeyen çağdaş filozoflarla yaşıyordum. Kukşularımı yok edip, kararsızlıklarımı giderecekleri yerde, en çok bilmek istediğim noktalarda vardığımı sandığım kanaatlerimi sarstılar; çünkü tanrıtanımazlığın bu ateşli misyonerleri, bu dogmatik adamlar, herhangi bir meselede onlardan başka bir şekilde düşündüğümde çileden çıkarlardı. Kavgadan nefret ettiğim ve sürdürmek için yeterince yeteneğim olmadığından, çoğu zaman kendimi tam savunamadım; ancak hiçbir zaman onların yıkıcı öğretilerini benimsemedim ve belli bir fikre saplanıp kalmış bu tutucu adamlara direnmem, bana karşı duydukları hıncı körükleyen en büyük nedenlerden biri oldu.

Beni inandıramamışlarsa da ürkütmüşlerdi. İleri sürdükleri savlar beni ikna etmemiş ama sarsmıştı. Bunlara uygun bir cevap bulamıyor; fakat böyle bir cevap olması gerektiğini hissediyordum. Kendimi hatalı olmaktan çok, beceriksizlikle suçluyor ve yüreğim, onlara mantığımdan daha iyi cevap veriyordu.

Sonunda kendi kendime dedim ki: Bu ağzı iyi laf yapan Sofistlerin beni istedikleri gibi oraya buraya sürüklemelerine sonuna kadar izin verecek miyim? Hele yaymaya çalıştıkları ve başkalarına kabul ettirmek istedikleri fikirlerin kendi fikirleri olduklarına bile emin değilken? Öğretilerini yönlendiren tutkuları ve çıkarları için şuna veya buna inandırma çabaları, kendilerinin neye inandıklarını öğrenmeyi imkânsız kılıyor. Parti başkanlarında iyi niyet aranabilir mi? Onların felsefesi başkaları içindir; oysa bana kendim için bir felsefe gerekiyor. Geriye kalan günlerimizde, belirli bir davranış kuralı olması için henüz vakit varken, bütün gücümüzle bu felsefeyi arayalım. İşte, artık anlama gücünün en yüksek aşamasında olduğu olgunluk çağındayım. Hatta yaşlanıp güçten düşmeye başladım bile. Daha fazla beklersem, zaten gecikmiş olan kararlarımı uygularken bütün gücünden faydalanamayacağım entelektüel yetilerime hâkim olamayacak hale geleceğim ve bugün mümkün olan en iyi biçimde yapabildiklerimi bu kadar iyi yapamayacağım. Uygun olan bu dönemi elden bırakmayayım; maddî durumumun yenilendiği bu dönem, bari entelektüel ve ahlakî durumumun da yenilendiği dönem olsun. Düşüncelerimi ve ilkelerimi kesin olarak belirlemeliyim ve iyice düşündükten sonra, hayatımın geri kalan bölümünde ne olmaya karar vermişsem, o olayım.

Bu tasarıyı yavaş yavaş ve aralıklarla elimden gelen bütün gücüm ve dikkatimle gerçekleştirdim. Geri kalan günlerimdeki huzurum ve bütün kaderimin buna bağlı olduğunu çok güçlü bir şekilde hissediyordum. Önceleri kendimi öyle bir karmaşa, zorluk, karanlık, tezat dolu bir labirent içinde buldum ki; belki yirmi kez her şeyi olduğu gibi bırakmaya kalktım ve boş araştırmalardan vazgeçerek, bir türlü anlayamadığım esaslara dayanmaksızın, herkesin benimsediği ihtiyat kuralları çerçevesinde kararlarımı uygulamaya çalıştım ama bu ihtiyaç bile bana öylesine yabancıydı ve ona ulaşmakta kendimi o kadar aciz buluyordum ki; onu rehber edinmek, fırtınalı denizleri dümensiz, pusulasız aşarken hiçbir liman işaret etmeyen, neredeyse erişilmez bir deniz feneri aramaktan farksızdı.

Buna dayandım; hayatımda ilk defa cesaret gösterdim. Haberim olmadan etrafımı sarmaya başlayan korkunç kaderime dayanabilme başarısını bu cesarete borçluyum. Belki de hiçbir ölümlü tarafından asla yapılmamış olan, en hararetli ve en içten araştırmalardan sonra sahip olması benim için önemli olan bütün duyguları ömrüm boyunca taşımak kararını aldım. Elde ettiğim sonuçlarda yanıldımsa, hatamın hiç değilse bir suç diye yüzüme vurulamayacağına eminim; çünkü böyle bir suçtan kaçınmak için elimden geleni yaptım. Gerçi çocukluktan kalan önyargılar ile yüreğimdeki gizli arzuların, ağırlıklarını bana en rahatlatıcı gelen taraftan yana koydukları şüphe götürmez. O kadar hararetle istenilen şeylere inanmamak zordur; hem öteki dünyada uğranılacak ilahi yargıyı kabul veya reddetmekte çıkarımız olduğunu ve insanların çoğunluğunun inancını korku ve umutlarına göre belirlediğinden kim şüphe edebilir? Bütün bunlar muhakeme yeteneğimi zedeleyebilirdi ama iyi niyetimi asla değiştiremedi; çünkü her şeyde hata yapmaktan çekiniyordum. Bütün mesele şu hayatı idare etmekten ibaret idiyse henüz vakit varken ve aptal durumuma düşmeden, bundan elimden geldiğince faydalanmam için bunun böyle olduğunu bilmem önemliydi ama bulunduğum ruhsal durumda en fazla korktuğum şey, bana hiç de büyük bir ödül gibi görünmeyen bu dünya nimetlerinden yararlanabilmek için ruhumu ebediyen tehlikeye atmaktı.

Filozofların sık sık bahsettikleri can sıkıcı zorlukların her zaman istediğim gibi üstesinden gelemediğimi itiraf etmeliyim. Ama her tarafta çözümlenemez halde, insan zekâsının kavramakta yetersiz kaldığı meseleler üzerinde sonunda bir karara varma azmiyle karşılık veremediğim ama karşıt sisternde en az bunlar kadar güçlü olan bir itiraz ile karşılanan itirazların üstünde durmadan, her konuda, bana en sağlam ve en inanılır gözüken fikri benimsedim. Bu konularda kestirme hükümler vermek, sadece şarlatanların yararınadır; önemli olan nokta, kendine özgü bir kanaat edinmek ve buna olgun bir akılla varmaktır. Buna rağmen yanılırsak, suçlu olmadığımız için cezasını çekmek bize düşmez. İşte, güvenimin sarsılmaz temeli olan ilkem budur.

Yorucu araştırmalarımın sonucu, aşağı yukarı Savoieli Papazın İnanç İlkeleri'nde yazdıklarım gibidir. Bu eser ki bugünkü kuşaklar tarafından öfkeyle alçaltılıp kirletilmiş olmakla birlikte, bir gün gelir de sağduyu ve iyi niyet sayesinde yeniden doğarsa devrim yapabilir.

O tarihten beri uzun ve derin düşüncelerden sonra, benimsediğim ilkeleri inancımın ve hareket tarzımın değişmez kuralı saydım ve ne yanıtlayabildiğim ne de önceden tahmin edebildiğim ama zaman zaman aklıma gelen itirazlara aldırmaz oldum. Bu itirazlar bazen beni endişelendirdi ama sarsmadı. Kendi kendime her zaman dedim ki; 'Bütün bunlar aklımla benimsediğim, kalbimle onayladığım ve tutkular susturulduktan sonra, içten gelen doğrulamanın izlerini taşıyan temel ilkelerin karşısında, metafizik dolambaçlardan, gereksiz inceliklerden başka bir şey değildir.' İnsan zekâsının kavrayamadığı konularda o kadar tefekkür ve özenle oluşturulmuş, aklıma, ruhuma, bütün varlığıma uygun düşen, başkalarında göremediğim bir iç rızası ile güçlenmiş böylesine sağlam ve iyi kurulmuş bir öğreti, çözemediğim herhangi bir sorun yüzünden altüst olabilir mi? Hayır, boş savlar, ölümsüz varlığım ile bu dünyanın yapısı arasında oluştuğunu gördüğüm uyumu ve bu dünyada hüküm süren fizikî düzeni asla yıkamayacak. Araştırmalarımın sonucu ortaya çıkan sisteme eşdeğer olan manevî düzende, hayatımın acılarına dayanabilmek için ihtiyaç duyduğum desteği buluyorum. Diğer bütün sistemlerde umutsuz yaşar ve ölürdüm; insanların en mutsuzu olurdum. Öyleyse kadere ve insanlara rağmen mutlu olmamı sağlayan bu sisteme sıkıca sarılmam gerekiyor.

Gerek bu kararım ve gerekse ondan çıkardığım sonuç, acaba beni bekleyen kadere hazırlanabilmem ve ona dayanacak hale gelmem için bana Tanrı tarafından telkin edilmiş değil midir? Bana zulmedenlerden kaçıp sığınacağım bir yer, bu dünyada bana attıkları itirafının avuntusu, hakkım olan adalete kavuşmak umudum olmasaydı, hiçbir ölümlünün maruz kalmadığı korkunç bir yazgıya kurban gitseydim, karşılaşacağım müthiş ızdıraplar içinde ömrümün sonuna kadar mahkûm edildiğim bu inanılmaz durumda halim ne olurdu? Masumiyetimin verdiği sükûnetle, insanların benim için sevgi ve iyi niyetten başka bir şey beslemediğini sanarken, herkese açık ve temiz kalbim kendini arkadaşlara, dostlara verirken, hainler beni cehennem ağları ile sessizce bağlamaktaydılar. Gururlu bir ruhun uğrayabileceği en korkunç ve aynı zamanda hiç beklenmeyen felaketlere düştüğüm, niçin ve kimin tarafından olduğunu bilmeden bataklığa sürüklendiğim, bir kötülük uçurumuna atıldığım ve içinde kötü amaçlar sezdiğim korkunç karanlıklarla çevrildiğim zaman, ilk anda yenik düştüm ve bu darbelere karşı koymak için önceden kendimde kuvvet toplamış olmasaydım, hiç ummadığım bu belalar üzerine olmasaydım, hiç ummadığım bu belalar üzerine kendimi bir türlü toparlayamazdım.

Seneler süren heyecanlardan sonradır ki, nihayet kafamı toplayıp kendime gelerek, talihsizlik günlerine sakladığım bu kuvvetlerin değerini hissettim. Aklım, kendi eserini bizzat yıkarak, bahtsızlığım içinde bana verdiği umut ve güvenin bütün dayanaklarını yerle bir etmiyor mu? Haklarında karar vermem gereken bütün meseleleri bir karara bağladığımdan, ilkelerimle durumumu karşılaştırınca, insanların budala fikirlerine ve kısacık ömrün küçücük olaylarına gereğinden fazla önem verdiğimi gördüm. Ve yine gördüm, hayat, bir sınavdan başka bir şey olmadığına göre, amaçlarına uygun etkiyi yarattıktan sonra, sınavın şöyle veya böyle olmasının değeri yoktur; yeter ki onlardan beklenen sonuçlar çıksın. Böylece o sınavlar büyüdükçe, şiddetlendikçe, çoğaldıkça, dayanma gücünün aynı ölçüde gelişmesinde yarar vardı. Hiçbir ızdırap yoktur ki, bundan kesin ve büyük bir mükâfat bekleyenlerin gözünde şiddetinden kaybetmesin; işte bu mükâfata olan inancım, daha önce daldığım düşüncelerin meyvesi olmuştur.

Her taraftan üstüme geldiğini hissettiğim sayısız hakaret ve ölçüsüz alçaklıklar ortasında, zaman zaman endişe ve kuşku dönemlerinde umudumun kırılıp, huzurumun kaçtığı doğrudur. Kaderimin ağırlığı ile çökmüş ve cesaretsizliğe düşmeye hazır olduğum anlarda, cevaplayamadığım güçlü eleştiriler, beni tamamen yıkmak için tüm güçleriyle aklıma üşüşüyorlardı. Çoğu zaman ileri sürüldüğünü duyduğum bazı yeni savlar vardı ki; daha önce bana eziyet eden eski savlara katılıyordu. O zaman kalbim beni boğuyormuşçasına, 'Ah' çekerek, kendi kendime, 'Mantığımın bana verdiği tesellilerin boş bir hayalden başka bir şey olmadığını görünce kapılacağım umutsuzluğa kim çare bulacak? Aklım, kendi eserini bizzat yıkarak, bahtsızlığım içinde bana verdiği umut ve güvenin bütün dayanaklarını yerle bir etmiyor mu? Benden başka kimseyi avutmayan hayallerden ne umulur? Bugünkü kuşağın tümü, beni besleyen duygularda, sadece yanılma ve batıl fikir buluyor; gerçeği, açık olanı, benimkine tamamen zıt bir sistemde buluyor, görüyor, hatta benim bu sistemi benimsemekte samimi olduğuma da pek inanmıyor; kendimde bütün benliğimi verdiğim bu sistemde, çözemeyeceğim güçlükler buluyorum, gene de düşüncelerimde ısrar ediyorum. Ölümlüler arasındaki tek bilge kişi, tek aydın ben miyim? Durumun böyle olduğuna inanmak için bunun işime gelmesi yeter mi? Diğer insanların özünde hiçbir dayanıklı tarafı olmayan, hatta kalbim mantığıma destek vermese, bana bile hayal görünebilecek görüntülere inanabilir miyim? Düşmanlarımın geri püskürtmekte güçlük çektiğim saldırılarına av olmuş boş hayallerime saplanacağıma, onların ilkelerini benimseyerek, onları aynı silahlarla vurmaya çalışsaydım daha iyi olmaz mıydı? Kendimi akıllı sanıyorum, oysa sadece boş bir yanlışlığa kurban gitmiş bir enayiden başka bir şey değilim,' diyorum.

Bu kuşku ve kararsızlık anlarımda, kim bilir kaç defa umutsuzluğa kapılacak oldum! Bu durum bir ay sürseydi, bitmiştim fakat eskiden çok sık olan ama çok kısa süren bu krizlerden hâlâ kurtulamamış olmama rağmen, şimdikiler, o kadar ender ve kısa süreli oluyorlar ki; huzurumu bozamıyorlar. Yani dereye düşen bir tüy suyun akışını nasıl bozamazsa, bu hafif endişeler de ruhuma o kadar az dokunuyor. Hissettim ki; daha önce yukarıda kararlaştırdığım noktaları yeniden ele almak, kendime yeni düşünceler yaratmak olacaktı ve gerçeği araştırmaya çalıştığım zamanlardakinden daha fazla kafa aydınlığına ve muhakeme yeteneğine sahip olduğumu zannetmek anlamına gelecekti ki bu doğru olmadığından, mutsuzluktan bitkin düşmüş olduğum bu durumda, beni sefil duruma düşürmekten başka etkisi olamayacak görüşleri; gerçeği aramaktan başka hiçbir şey düşünmediğim ömrümün en sakin döneminde, epey düşündükten ve incelemeler yaptıktan sonra, zekâmın en olgun çağında benimsediğim duygulara, hiçbir sağlam sebeple tercih edemezdim. Kalbimin bunca hüzün içinde kıvrandığı, ruhumun sıkıntıdan sendelediği, hayal gücümün korkulara kapıldığı, beni kuşatan korkunç sırlarla kafamın karıştığı, beceri ve yeteneklerimin yaşlılığın ve iç sıkıntısının etkisiyle köreldiği bugün hazırladığım teselli çarelerini red mi edeceğim? Layık olmadığım halde çektiğim ızdırapları telafi etmek için aklımın sağlam tarafı dururken, tamamen mutsuz olmak için çöken tarafına mı sarılacağım? Hayır; bütün bu yüce davalar hakkında karar verdiğim günden ne daha bilgili ne de daha inançlıyım. Bugün beni altüst etmelerine izin verdiğim güçlükleri o zaman da biliyordum, ama bu güçlükler beni durduramadılar ve henüz akla gelmeyen yenileri de çıkarsa, bunlar, bütün bilgilerce her dönemde kabul edilmiş, bütün uluslarca tanınmış ve insanlığın yüreğine silinmeyecek harflerle kazınmış sonsuz gerçekleri sarsamayacak hileli metafizik saçmalıklardır. Bu konular üzerinde derin düşüncelere dalarken, duyularıyla sınırlı insan aklının, onları layıkıyla kavrayamadığını biliyordum. Bu yüzden, kendi aklımın erdiği konularda kaldım ve ötesine gitmedim. Bu karar mantıklıydı, zamanında bunu benimsemiştim zaten; kalbimin ve mantığımın onaylamasıyla ona bağlı kaldım. Bu karara bağlı kalmak için bunca güçlü nedenim varken, bugün hangi nedene dayanarak ondan vazgeçeceğim? Bu düşünceyi sürdürmenin tehlikeleri nelerdir? Vazgeçersem ne gibi menfaat bekleyebilirim. Bana zulmedenlerin öğretilerini kabul ettiğimde, ahlâk anlayışlarını da mı kabul etmiş olacağım? O köksüz ve meyvesiz ahlâk ki; kimsenin aklına veya kalbine girmediği halde, kitaplarda ya da tiyatronun parlak gösterilerinde azametle teşhir edilir; bir de başka bir ahlâk vardır. Şu gizli ve zalim ahlâk. Diğerinin sadece maske görevini gördüğü, sırdaşlarının iç öğretilerini oluşturan, bunların tutum ve davranışlarında izledikleri ve benim üzerimde ustaca uyguladıkları ahlâk. Tamamen saldırı amaçlı olan bu ahlâk, savunmaya yaramaz ve sadece karşı tarafın üzerine gitmek içindir. Beni düşürdükleri bu durumda hangi işime yarayabilir ki? Felaketimde bana güç veren, ancak masumluğumdur ve bu yegane ama güçlü olan dayanaktan kendimi yoksun bırakıp, yerine kötülüğü koysam daha mutsuz olmaz mıyım? Kötülük etme sanatında onlara yetişebilir miyim; yetişsem de yapacağım hangi kötülük beni derdimden kurtarır? Kendime olan saygımı kaybeder ve üstelik yerine hiçbir şey kazanmam.

Böylece, kendi kendime mantık yürüterek, yanıltıcı muhakemelerin, çözümsüz eleştirilerin, beni ve belki de insan aklını aşan güçlüklerin, ilkelerimin doğruluğu konusundaki kanaatlerimi sarsmalarını engellemeyi başardım. Zekâma gelince; o, kendisine sağlayabildiğim en sağlam temel üzerinde kalarak vicdanımın koruması altında dinlenmeye o kadar alıştı ki artık eski veya yeni hiçbir yabancı öğreti onu rahatsız edemez ve bir dakikalığına bile huzurumu bozamaz. Ruhsal çöküntü ve kafa yorgunluğu içinde, inancımı ve ilkelerimi dayandırdığım düşüncelerimi unuttum ama şuurumun ve aklımın onayıyla çıkardığım sonuçları unutmayacak ve bundan böyle onlara bağlı kalacağım. Filozoflar istedikleri kadar saldırsınlar, zamanlarını ve emeklerini boşuna harcamış olacaklar. Ömrümün geri kalanı boyunca, iyi bir seçim yapabilecek durumda olduğum zaman seçtiklerime bağlı kalacağım.

İçinde bulunduğum sakin ruh halinde, kendimden memnun olmakla kalmayıp, benim durumumda gerekli olan umut ve teselliyi de buluyorum. Bu kadar tam, bu kadar sürekli ve bu kadar hüzünlü bir yalnızlığın, bugünkü kuşağın her zaman hissedilen, her zaman etken olan öfkesinin, beni sürekli rahatsız eden kötü davranışlarının, beni bazen çöküntüye uğratmamasına imkân yok; sarsılan umutlarla, halsiz bırakan tereddütler zaman zaman ruhumu altüst edip, hüzünle dolduruyorlar. O zaman kendi kendimi rahatlatacak düşünceler üretemediğim, eskiden aldığım kararları hatırlamaya ihtiyaç duyuyorum; o kararları almak için gösterdiğim özen, dikkat ve içtenliği hatırlamak, kendime olan güvenimi tazeliyor. Böylece, herhangi bir yeni düşünceyi, yanıltıcı bir görünümü olan ve rahatımı bozmaktan başka bir işe yaramayan korkunç bir hayatı reddeder gibi reddediyorum.

Böylece, eski bilgilerimin dar alanında sıkışıp kalmış olan ben, Solon gibi yaşlanarak öğrenme mutluluğuna sahip değilim; hatta bundan böyle, artık bilmek durumunda bile olmadığım şeyleri, öğrenmeye çalışmak gibi tehlikeli bir gururdan kendimi sakınmalıyım. Ama yararlı bilgiler konusunda edinmeyi umacağım fazla bir şey kalmadıysa bile, benim durumumun gerektirdiği erdemler konusunda kazanacağım çok önemli şeyler var. İşte burada, ruhum, kendisini örten ve kör eden kafesten sıyrılarak, gerçeği bütün çıplaklığıyla görüp, sahte bilginlerimizin o kadar övündükleri bilgilerin zavallılığını sezdiğinde, onu, beraberinde götüreceği bir birikimle zenginleştirip donatmanın zamanı gelmiş olacak ve ruhum, o bilgileri edinmek için kaybettiği zamana acıyacaktır. Fakat sabır, ılımlılık, tevekkül, dürüstlük, tarafsız adalet, insanın beraberinde götürebileceği ve ölümün bile değerini düşürmesinden korkmadan, durmadan zenginleştirebileceği bir servettir. Yaşlılığımın geri kalanına adadığım yegâne ve yararlı konu işte budur. İlerleme ve gelişme kaydederek, doğduğum günden daha iyi değil de -buna imkân yok- daha erdemli olarak hayata veda edebilirsem, ne mutlu bana.

DOKUZUNCU GEZİNTİ

Hâlâ arada bir okuduğum az sayıdaki kitaptan, beni kendisine en çok bağlayan ve yarar sağlayanlar Plutarkhos'un kitaplarıdır. Çocukluğumda ilk onu okudum, yaşlılığımda son okuyacağım odur. Hatta diyebilirim ki okurken kendime dersler çıkardığım tek yazar odur. Daha önceki gün, ahlâkla ilgili eserlerinden, 'Düşmanlardan Nasıl Yararlanılır?' adlı incelemesini okuyordum. Aynı gün, diğer yazarların bana gönderdikleri broşürleri düzenlerken, başlığında, 'Vitam vero impendenti' yazan, Rahip Rosier'nin gazetelerinden birine rastladım. Bu bayların çok iyi tanıdığım manevralarıyla, yazarın, kibarlık maskesi altında, bana zalim bir kinayede bulunduğunu anladım ama bu kinaye neyin üzerine kuruluydu? Bu alaycılık nedendi? Bunun için ellerine nasıl bir konu vermiş olabilirdim? Plutarkhos'un derslerinden bir yarar çıkarmak için, ertesi günkü gezintide, yalan konusunda kendimi incelemeye karar verdim ve Delfi Tapınağı'nın 'Kendi kendini tanı' özdeyişinin 'İtiraflar'ımda sandığım kadar uygulaması kolay bir özdeyiş olmadığı konusunda vardığım kanının doğruluğuna iyice ikna oldum.

Ertesi gün bu kararımı uygulamak azmiyle yürümeye koyulduğumda, uzun uzun düşünürken ilk aklıma gelen şey, hatırası ömrüm boyunca hayatımı altüst eden ve yaşlılık günlerimde bile zaten değişik sebeplerden üzgün olan yüreğimi parçalayan, ilk gençliğime ait korkunç bir yalan oldu. Büyük bir günah olan bu yalan, hiçbir zaman bilemediğim fakat çektiğim vicdan azabıyla bana alabildiğine zalimce gelen etkileriyle daha da büyük bir günah haline gelmiş olmalıydı. Ne var ki, onu söylerken içinde bulunduğum ruh hali göz önünde tutulduğunda, bu yalanın kötü bir utancın meyvesi olduğu görülür ve kurbanı olana zarar vermek niyeti bir yana, Tanrı huzurunda yemin edebilirim ki; o yenemediğim utanç, bana o yalanı söylettiği anda, zararının sadece bana dokunması için, tüm kanımı sevinçle akıtabilirdim. Bu çılgınlık anını açıklamak için çekingen olan tabiatımın o anda kalbimdeki bütün dilekleri bastırıp, etkisi altına aldığını hissettiğimi söyleyebilirim.

Bu talihsiz hareketimin anısı ve bende bıraktığı giderilmez pişmanlık, bende yalana karşı ömrümün sonuna kadar beni ondan koruyacak büyük bir nefret yarattı. Bir şiar edindiğim zaman, bunu hak etmeye uygun yaratılışta olduğumu hissediyordum ve Rahip Rosier'nin sözü üzerine, kendimi daha ciddi bir şekilde incelemeye başlayınca, buna layık olduğumdan hiç şüphem kalmadı.

Kendimi büyük bir özenle didik didik incelediğimde, gerçeğe olan aşkımla gurur duyarak benzerlerimin hiçbirinde örneğine rastlamadığım bir tarafsızlıkla, güvenimi, çıkarlarımı ve kişiliğimi gerçeğe feda ettiğim anlarda bile, kendi kendime uydurup, doğru diye söylediğim şeylerin sayısını hatırladığımda, şaşırdım.

Beni en çok şaşırtan da uydurduğum şeyleri hatırladığımda, bundan hiçbir ciddi pişmanlık duymadığımdı. Yalandan duyduğum nefreti hiçbir şeyle kıyaslayamayan ben, bir yalanla kurtulabileceğim işkencelere göğüs geren ben, hangi tuhaf tutarsızlıkla, böyle umursamazcasına, gereksiz yere ve hiçbir çıkarım olmaksızın yalan söylüyordum; ben ki bir yalanın pişmanlığını elli yıl boyunca çektikten sonra, hangi anlaşılmaz çelişkiyle bundan en ufak bir pişmanlık duymuyordum? Hatalarıma karşı hiçbir zaman duyarsızlaşmadım; ahlâkî içgüdüm beni her zaman iyi yönlendirdi, vicdanım ilk günkü dürüstlüğünü korudu. Bu vicdan, çıkarlarıma ayak uydurup bozulsa bile, nasıl olur da insanî tutkulara yenik düştüğü ve aslında mazur görülebileceği hallerde doğruluğunu muhafaza eder ama rezilliğin, alçaklığın bile mazur gösteremeyeceği önemsiz, küçük çıkarların söz konusu olduğu yerde doğruluğu kaybeder. Bu sorunun çözümünün, bu konuda kendi hakkımda varacağım yargının adaletine bağlı olduğunu gördüm ve sorunu iyice inceledikten sonra, kendime şu şekilde bir açıklama yapmayı başardım.

Bir felsefe kitabında, yalan söylemenin, açıklanması gereken bir gerçeğin (doğrunun, hakikatin) saklanması olduğunu okumuştum. Bu tanıma göre, açıklanması zorunlu olmayan bir gerçeği söylememek, yalan söylemek sayılmaz ama benzer bir durumda gerçeği saklamaktan memnun olmayan biri, tam tersini söylerse, yalan söylemiş olur mu, olmaz mı? Tanıma göre, o kişinin yalan söylediği söylenemez; çünkü borçlu olmadığı birine sahte para veren kişi, şüphesiz onu aldatmakta ama ondan bir şey çalmamaktadır.

Burada incelenmesi gereken, birbirinden önemli iki sorun meydana çıkıyor: Birincisi, başkalarına değilse, bu gerçek ne zaman ve nasıl söylenmelidir? İkincisi, masum bir şekilde aldatmanın mümkün olduğu durumlar var mıdır? Bu ikinci soru, çok iyi biliyorum, en sıkı ahlâk kurallarının yazara hiçbir ücrete mal olmadığı kitaplarda olumsuz yanıtlanırken, kitaplardaki ahlâkın uygulanması imkânsız gevezelikler sayıldığı toplumda ise olumlu olarak yanıtlanmıştır. Öyleyse, birbirinin aksini söyleyen bu yetkili mercileri bir yana bırakıp bu sorulara, kendi ilkelerime dayanarak, kendim için bir cevap bulmaya çalışayım.

Genel ve soyut gerçek, tüm servetlerin en kıymetlisidir. İnsanoğlu onsuz kördür; o, aklın gözüdür. İnsanoğlu davranışlarına yön vermeyi, olması gerektiği gibi olmayı, yapması gerekeni yapmayı, gerçek amacına doğru gitmeyi onun sayesinde öğrenir. Bireyin vardığı özel gerçek her zaman doğru değildir; genellikle yanlış ve çoğu zaman hiç kimseye yaramayan bir şeydir. Herhangi bir insan için önem taşıyan ve mutluluğu için bilinmesi gereken şeylerin sayısı pek fazla olmayabilir ama sayısı ne olursa olsun, bunlar ona ait bir serveti oluşturur, onu her nerede bulursa bir hak olarak isteyebilir ve bu, verenleri kendisinden mahrum bırakmayan ortak bir hazine olduğundan, tüm hırsızlıkların en haksızını işlemeden, kimse, kişiyi bu haktan yoksun edemez.

Gerek eğitimde, gerekse uygulamada hiçbir gerekliliği olmayan gerçeklere gelince; kendileri bir değer taşımadığına göre, onlar, nasıl ödenmesi gereken bir borç olabilirler? Mülkiyet sadece faydaya dayandığına göre, faydanın olmadığı yerde, mülkiyet de olmaz. Bir arazi ne kadar verimsiz olursa olsun, istenebilir; çünkü toprağın üzerinde hiç değilse oturulabilir ama herkes için önemsiz olan ve insanları etkilemeyen saçma bir olayın, gerçek veya yalan olması, kimseyi ilgilendirmez. Maddî düzende olduğu gibi, manevî düzende de hiçbir şey gereksiz değildir. İşe yaramayan şeylerden kimseye borçlu olunmaz, bir şeyin birisine borçlu olunması için, onu işe yaraması veya yarayabilmesi gerekir. Böylece, borçlu olduğumuz gerçek, adaleti ilgilendiren gerçektir ve varlığı kimsenin umurunda olmayıp, bilinmesi hiçbir şeye yaramayan boş şeylere gerçek denilmesi, gerçeğin kutsallığına saygısızlık etmektir. Her türlü olası faydadan sıyrılmış olan gerçek, borçlu olduğumuz bir şey olamaz, dolayısıyla onu gizleyen veya değiştiren, yalan söylemiş olmaz.

Ama hiç kimseye yararı olmayacak kadar verimsiz gerçekler var mıdır? Bu, tartışılması gereken ve birazdan değineceğim bir konudur. Şimdilik ikinci soruya geçelim.

Gerçeği söylememek ile gerçek olmayanı söylemek birbirinden çok farklı iki şeydir; fakat her ikisi de sonuç olarak aynı etkiyi yaratır; çünkü hiçbir etkinin olmadığı zamanlar sonuç hep aynıdır. Gerçeğin kimseyi ilgilendirmediği yerde, onun karşıtı olan yanlış da ilgilendirmez; bundan çıkan sonuca göre de benzer durumlarda gerçeği tersini söyleyerek aldatan kişi, gerçeği söylemeyerek aldatandan daha suçlu değildir;

çünkü yararsız gerçekler konusunda yanlış yapmak, hiç bilmemekten daha kötü değildir. Denizin dibindeki kumun beyaz veya kırmızı olduğunu sanmam ile ne renk olduğunu bilmemen arasında fark yoktur. Madem ki haksızlık başkalarına zarar vermektir, kimseye zarar vermeden nasıl haksız olunabilir?

Fakat ortaya çıkabilecek bütün durumlara adilce uygulanabilecek ön açıklamalar olmadan, bu sorunların bu şekilde kısaca kararlaştırılmış olması, uygulamada bana hiçbir kesin sonuç sağlayamaz. Çünkü gerçeği söylemek zorunluluğu sadece onun yararlı olmasına dayanıyorsa, bu yararlılık konusunda nasıl yargıya varacağım? Çoğu zaman birinin yararına olan, diğerinin zararınadır ve hemen hemen her zaman özel çıkarlar, kamu çıkarlarına ters düşer. Böyle bir durumda nasıl davranılmalı? Orada bulunmayanın çıkarını, konuştuğumuz kişininkine feda mı etmeli? Birinin yararınayken, diğerinin zararına olan gerçeği gizlemeli mi, yoksa söylemeli mi? Söylenmesi gerekenleri, kamu yararının terazisinde mi tartmalı, yoksa hepsini kaplayan adalet terazisinde mi? Bildiklerimi sadece adalet kurallarına göre kullanacak kadar meselenin içyüzünü biliyor muyum? Dahası, başkalarına borçlu olduklarımızı incelerken, sadece gerçeğe borçlu olduklarımızı yeterince düşündüm mü? Bir başkasını aldatarak ona hiçbir zarar vermiyorsam, bu, kendi kendime de hiç zarar vermediğim anlamına mı gelir; kusursuz olmak için haksızlık etmemek yeter mi?

Bunun gibi birçok sıkıcı tartışmadan, aşağıdakileri söyleyerek sıyrılmak kolay olurdu. "Ne olursa olsun, her zaman gerçeklerden ayrılmayalım. Adalet, gerçek demektir; doğru olmayanlar bir eylem ve inanç kuralı olarak sunulduğunda, yalan her zaman haksızlık, yanlışlık her zaman sahtekârlıktır ve gerçekten hangi sonuç çıkarsa çıksın, kendi gerçeğimizi söylemediğimiz için doğruyu söylemek suç değildir." Fakat bu, sorunu çözmeden kesip atmaktır. Yapılması gereken, her zaman gerçeği söylemekten çok, her defasında söylemek zorunluluğu var mı, yok mu diye düşünmektir. Ayrıca incelemekte olduğum tanıma göre bu zorunluluğun olmadığını varsayarsak gerçeği bildirmenin kesinlikle zorunlu olduğu durumlarla, haksızlık etmeksizin onu saklamak ya da yalan söylemeksizin değiştirmek zorunluluğu göründüğü durumları ayırt etmek gerekir – çünkü bu gibi durumların gerçekten bulunduğunu keşfettim. Demek ki asıl mesele, onları tanımak ve belirlemek için gerekli bir kural aramaktır.

Ama böyle bir kuralı ve onun yanılmazlığının kanıtını nereden bulmalı? Bunun kadar zor manevî sorunların hepsini her zaman aklımdaki bilgilerden çok, vicdanımın yol göstericiliğine başvurarak çözmekten her zaman kârlı çıktım. Ahlâkî çgüdüm beni asla yanıltmadı, şimdiye kadar, kalbimdeki saflığını, ona güvenmemi sağlayacak kadar korudu ve bazen davranışlarımdaki tutkulardan dolayı sussa da anılarımdan güç alarak bunların üzerinde tekrar egemenliğini kurdu. İşte bu noktada kendimi, belki de bu hayattan sonra Tanrı'nın beni yargılayabileceği kadar sertlikle yargılıyorum.

İnsanların sözlerini yarattıkları etkilere göre yargılamak, çoğu zaman bunları yanlış değerlendirmek demektir. Bu etkiler, her zaman açık ve kolay tanınabilir olmamaları dışında, o sözlerin de kullanıldığı zemin ve zamanlara göre değişir, fakat onların değerlendirilmesi ve iyilik veya kötülük derecelerinin ölçülmesi, ancak söyleyenin içinde taşıdığı niyetle olur. Doğru olmayanı söylemek, ancak aldatmak niyeti varsa yalan söylemektir ve aldatma niyetinin her zaman zarar vermek niyetinden uzak olması bir yana, bazen tamamen tersi bir amacı vardır. Fakat bir yalanın masum sayılabilmesi için, zarar verme niyetinin olmaması yeterli değildir; bir de konuşulan kişinin içine düşürüldüğü yanılgının, ne onlara ne de başkalarına zarar vermeyeceğinden emin olmak gerekir. Böyle bir kanaate varıldığı enderdir ve bunun içindir ki bir yalanın masum olduğu ender görülür. Kendi menfaati için yalan söylemek sahtekârlık, başkasının menfaati için yalan söylemek hile, zarar vermek için yalan söylemek iftira ve yalanların en bayağısıdır. Menfaat gözetmeden ve ne kendine ne de başkalarına zarar vermeksizin yalan söylemek, yalan söylemek değil, bir tür kurmacadır.

Konusu ahlâk olan kurmacalar mesel veya fabl olarak adlandırılır ve amaçları, faydalı gerçekleri duygusal ve hoş bir biçimde anlatmak olduğuna göre, bunlarda gerçeği örten yalan üzerinde durulmaz ve bir fablı sadece fabl olarak anlatan kişi hiçbir şekilde yalan söylemez.

Hikâye ve romanların çoğunda olduğu gibi, hiçbir gerçek bilgi içermeden, tek amacı eğlendirmek olan boş kurmacalar da vardır. Ahlâk açısından hiçbir faydası olmayan bunların değeri, ancak onları kurgulayanın niyetiyle değerlendirilebilir ve şayet bunları anlatan tamamen birer gerçek olarak ileri sürerse, bunların gerçek yalanlar olmadığını kimse inkâr edemez. Buna rağmen, bugüne kadar bu yalanları söylemekten kim büyük bir utanç duydu ve bunları söyleyenleri kim ciddi bir şekilde kınadı? Örneğin, Gnidus Tapınağı'nda bazı ahlâkî konular varsa, bu konu, zevk verici ayrıntılar ve şehvetli imgelerle gölgelenip bozulmuştur. Yazar, bunu bir alçakgönüllülük cilası ile örtmek için ne yapmıştır? Eserinin, Yunanca bir el yazmasından çevrildiğini ileri sürmüş ve okurlarını bunun doğruluğuna inandırmak için kitabı nasıl bulduğunu en iyi biçimde anlatmıştır. Şayet bu gerçek bir yalan değilse, o zaman yalanın ne olduğunu tarif etsinler. Peki, bu yalandan dolayı yazarı kim suçladı ve ona kim sahtekâr muamelesi yaptı?

Bütün bunların şakadan başka bir şey olmadığını, yazarın bunların doğru olduğunu söylerken kimseyi kandırmak istemediğini, gerçekten de kimsenin kanmadığı, hatta çevirmeni olduğunu iddia ettiği o sözde Yunan eserinin kendi tarafından kaleme alındığını herkesin bildiği hatırlatılabilir, ama neye yarar? Cevap olarak, böylesine amaçsız bir şakanın aptalca yapılmış bir çocukluk olduğunu, bir yalancının kimseyi inandıramadığında daha az yalan söylemiş sayılmayacağını; ciddi bir yazarın, kendilerini gerçekten etkileyen bir tavırla anlattığı el yazması hikâyesine inanan, çağdaş bir kupa içerisinde sunulmuş olsa içmekten çekinecekleri zehri, antik bir kupada sunulduğunda hiç korkmadan içen, bir sürü saf ve basit okuyucuyu, kültürlü okuyucudan ayırt etmek gerektiğini söyleyeceğim.

Bu gibi ayırımlar kitaplarda bulunsun veya bulunmasın, vicdanının karşı çıkacağı hiçbir şey için kendine izin vermeyen iyi niyetli insanların kalbinde tedirginlik yaratır. Çünkü kendi çıkarı için yanlış bir şey söylemek, başkasının zararına olacak şeyler söylemiş olmaktan daha az kınanacak bir şey olsa bile, daha az yalan söylemek değildir. Hak etmeyen birine bir çıkar sağlamak, düzeni ve adaleti bozmaktır, övgü veya yergi, suçlama veya aklama şeklinde bir sonucun doğabileceği bir davranışı kendine veya başkasına yok yere atfetmek, haksızlık yapmaktır; dolayısıyla, gerçeğe aykırı olup, adaleti herhangi bir şekilde yaralayan her şey yalandır. İşte, tam olarak sınır budur fakat gerçeğe aykırı olup, adaleti hiçbir şekilde ilgilendirmeyen her şey kurmacadan başka bir şey değildir ve tamamen kurmaca olan bir şeyi bir yalan olarak kınayan bir kimsenin, benden daha fazla vicdan sahibi olduğunu itiraf etmeliyim.

Hayali bir varlık söz konusu ise, onun hakkında ne söylese yalan sayılmaz; yeter ki uydurduğu olayların ahlâkî yönü konusunda yanlış hükümler vermesin, o takdirde olay konusunda yalan söylemese de, olaydan yüz defa daha önemli olan ahlâkî gerçeğe karşı yalan söylemiş olur.

Toplumda 'doğrucu' denilen insanlar gördüm. Bunların tüm doğrulukları, kendilerinden hiçbir şey katmadan, hiçbir olayı süslemeden, hiçbir şeyi abartmadan, yer, zaman ve kişi adlarını gerçeğe sadık kalarak yaptıkları hiçbir içeriği olmayan konuşmalarıyla sınırlıdır. Çıkarlarına dokunmayan her şeyde, öykülerini gerçeğe tam bir sadakatle anlatırlar. Fakat onları ilgilendiren bir konuyu işlemek söz konusu olduğunda ve onları yakından etkileyen bir olaydan bahsettiklerinde, olayları kendi işlerine geldiği gibi sunmak için her renge boyarlar ve yalan işlerine geldiği halde söylemekten kaçınırlarsa, o yalanın söylenmesini ustalıkla kolaylaştırırlar ve kendilerinin suçlanmayacağı şekilde benimsenmesini sağlarlar. Temkinli olmak bunu gerektirir: Elveda doğruluk!

'Dürüst' dediğim adam bunun tamamen aksini yapar. Başkasının o kadar saygı duyduğu, ancak onun umursamadığı, gerçekle hiçbir ilgisi olmayan konularda, ölmüş veya yaşayan hiç kimseye karşı doğru ya da yanlış herhangi bir yargı içermeyen, uydurma olaylarla arkadaşlarını eğlendirmekten çekinmez. Fakat herhangi biri için, adalete ve gerçeğe karşı, fayda veya zarar, saygı veya hoşgörü, övgü veya yergi sonucu yaratacak hiçbir söylev, asla yüreğine, ağzına ve kalemine yaklaşamaz. Havai konuşmalarda doğruluktan dem vurmadığı halde, kendi çıkarı aleyhine olsa da doğrudur. Şöyle doğrudur ki, kimseyi aldatmaya çalışmaz, lehinde olan gerçeğe olduğu kadar aleyhinde olan gerçeğe de bağlıdır ve bu gerçekten ne kendi çıkarına ne de düşmanına zarar vermek için yararlanmadığından, doğru insandır. Doğru adamla öteki arasındaki fark şudur ki; toplumun dürüst dediği, kendisinden hiçbir fedakârlık istemeyen gerçeğe kesinlikle bağlıdır, daha ileri gidemez; oysa benim dürüst dediğim adam gerçeğe ancak kendisini feda etmek gerektiği zaman hizmet eder.

Ancak diyebilirsiniz ki; böyle bir gevşeklik onun, yücelttiği gerçeğe olan aşkıyla nasıl bağdaşabilir? Bu kadar katışıklıktan böyle zarar gördüğüne göre, bu aşk sahte midir? Hayır, saf ve temizdir ama adalete olan aşkın ortaya konulmasından başka bir şey değildir ve genelde hayali olsa bile asla sahte olmak istemez. Adalet ve gerçek ona göre aynı anlamı taşıyan iki sözcüktür ve ikisini de birbirinden ayırmadan, birbirinin yerine kullanır. Yüreğinin taptığı kutsal gerçek, anlamsız olaylar ve gereksiz kelimelerden ibaret olmayıp, iyilik veya kötülük atfederken, onurlandırırken veya suçlarken, överken veya kınarken herkese, gerçekten hakkı olanı tam olarak verir. Başkasının zararına yalan söylemez; çünkü hakbirliği bunu yapmasına engel olur ve kimseye haksız zarar vermek istemez; aynı şekilde, kendi çıkarına yalan söylemez; çünkü vicdanı buna engel olur ve kendisine ait olmayan hiçbir şeyi sahiplenmek istemez. En çok öz saygısının üstüne titrer, bu, en zor vazgeçebileceği değerdir ve başkalarının saygısını bu değer pahasına kazanmayı bir kayıp sayar. Böylelikle önemsiz konularda hiç tereddüt etmeden yalan söyler ama bunu asla kendisinin veya başkalarının zararına yapmayacaktır. Tarihî gerçeklerle ilgili olan konularda, insanlara, adalete, toplumsallığa, yararlı bilgilere karşı davranışlarla ilgili her alanda, hem kendini hem de başkalarını, elinden geldiğince, hata yapmaktan korur. Bunun dışındaki tüm yalanlar onun için yalan değildir. Şayet Gnidus Tapınağı yararlı bir eser ise, Yunan el yazmasının hikâyesi çok masum bir uydurmadan ibarettir; tehlikeli bir eserse, cezalandırılması gereken bir yalandır.

İşte, yalan ve gerçek konusunda vicdanımın kuralları bunlardı. Aklım bu kuralları benimsemeden önce, kalbim onları kurulmuş makine gibi takip etmiş, ahlâk içgüdüm de sadece uygulanmasını gerçekleştirmişti. Zavallı Marion'un kurbanı olduğu canice yalan, bende silinmez bir vicdan azabı bırakarak, beni bütün hayatımca yalnız bu tür yalanlara değil, başkalarının çıkarına ve şerefine etki edebilecek her türlü yalana karşı da korudu. Yalanların hepsini dışlayıp genelleyerek, yararlarını ve zararlarını tam olarak tartmak ve zararlı yalanla, faydalı yalanı birbirinden ayıran sınırları kesin olarak belirlemek gibi bir yükümlülükten de kendimi muaf tuttum; birini de öteki kadar suçlu görerek, her ikisini de kendime yasakladım.

Bu da bütün mizacımı etkilediği gibi, davranış kurallarımı, daha doğrusu alışkanlıklarımı da etkiledi; çünkü ben hiçbir zaman kurallara göre hareket etmedim ve hiçbir şeyde doğal içgüdülerimden başka bir kural izlemedim. Önceden tasarlanmış yalan asla aklımdan geçmedi, asla menfaatim için yalan söylemedim fakat sık sık utandığımdan, kendimden başka kimseyi ilgilendirmeyen önemsiz konularda mahcup olmamak için, örneğin bir söyleşide kafamın hızlı çalışmaması ve konuşma güçlüğüm beni sırf bir şeyler söylemiş olmak için bir şeyler uydurmaya zorlayınca, yalan söyledim. Zorunlu olarak konuşmak gerektiğinde ve eğlenceli gerçekler aklıma çabucak gelmediğinde, sessiz kalmamak için uydurmak zorunda kaldığım zamanki gibi fakat bu masalları uydururken, elimden geldiği kadar bunların yalan olmamasına, yani ne adaleti ne de gerçeği yaralamamasına ve hem başkaları hem de kendim için önemsiz uydurmalar olmasına dikkat ederim. Onlarda olayların gerçekliği yerine ahlâkî bir gerçek olmasını, insan kalbindeki doğal sevgilerin bulunmasını ve bunlardan her zaman bazı faydalı dersler, yani tek kelimeyle 'hisseler', ahlakî öyküler çıkmasını isterdim, ama bunun için bende olandan daha iyi bir zekâ yapısına ve eğitim için kullanılmak üzere bir sohbet ustasının konuşma yeteneğine gerek vardır. Söz denilen nesne, fikirden çok daha aceleci olduğu için düşünmeden konuşurum ki, bu aklımın beğenmediği, ağzımdan çıkar çıkmaz yüreğimin reddettiği, budalaca, aptalca laflar sarfetmeme neden olmuştur.

Yine, aniden ortaya çıkan beklenmedik durumlarda, mizacımın o ilk ve karşı konulmaz etkisiyle, istemeden ve hemen bir cevap vermek istemenin baskısıyla, utangaçlığım ve çekingenliğim sebebiyle irademin kabul etmediği yalanlar söylerim. Zavallı Marion'un hatırasının bıraktığı derin etki, başkalarına zararlı olabilecek yalanları önleyebilse de sadece beni kötü bir durumdan kurtarmaya yardım eder ama başkalarının kaderini etkileyen yalanların oldukları kadar vicdanıma ve ilkelerime karşı olan yalanları önleyemez.

Tanrı şahidim olsun ki; beni mazur gösteren yalanın yerine, beni suçlayan gerçeği koyabilseydim ve sözümü geri almam yüzünden bir hakaretle karşılaşmayacak olsaydım, bunu bütün kalbimle yapardım ama kendimi böylece hatalı çıkarmanın utancı bana engel oluyor ve yalanımı hiçbir şekilde onarmaya çalışmadan, hatamdan dolayı içtenlikle pişmanlık duyuyorum. Vereceğim bir örnek, ne demek istediğimi daha iyi açıklayacak ve ne menfaat ne de özsaygım yüzünden, ne çekemezikten ne de kötülük olsun diye yalan söylemediğimi, bu yalanların hemen anlaşıldığını, çoğu kez işime yaramayacağını bilerek sadece mahcubiyet ve utanç duyarak yalan söylediğimi gösterecek.

Bir süre önce, Mösyö Foulquier, alışkanlıklarıma ters düşmesine rağmen, beni ve karımı, lokantacı olan ve iki kızı ile yemeğimize katılan Madame Vacassin'in lokantasında dostu Benoit ile piknik türü bir yemeğe davet etti. Yemeğin ortasında, kısa süredir evli olan ve bebek bekleyen büyük kızı aniden gözlerini dikerek bana baktı ve çocuklarım olup olmadığını sordu. Kulaklarıma kadar kızararak bu mutluluğa eremediğimi söyledim. Diğerlerine bakarak alaycı bir şekilde gülümsedi. Bunda benim için anlaşılmaz bir şey yoktu.

Her şeyden önce, bu cevabın, onu kandırmak istemiş olsaydım bile vermek isteyeceğim cevap olmadığı açıktı; çünkü masada oturanların durumlarından da anlaşıldığı gibi, cevabımın bu konudaki düşüncelerinde hiçbir değişiklik yapmayacağı kesindi. Bu olumsuz cevabı bekliyorlar, hatta bana yalan söyletmiş olmanın zevkine varmak için ellerinden geleni yapıyorlardı. Bunu hissetmeyecek kadar aptal değildim. İki dakika sonra vermem gereken cevap kendiliğinden geldi: "İşte, genç bir kadının, bekâr olarak ihtiyarlamış bir adama sormanın yakışık almayacağı sorulardan biri de bu." Böyle konuşmakla yalan söylememiş olduğum gibi, hiçbir itirafın utancından kızarmadan alay edenleri kendi tarafıma çekmiş, bana bu soruyu sorana küçük bir ders verecek ve fütursuzca soru sorma cesaretini kıracaktım fakat yapamadım, söylenmesi gerekeni değil de söylenmemesi gerekeni ve hiçbir işime yaramayacak olanı söyledim. Şurası kesin ki cevabımı veren ne aklım ne de irademdir; o sadece utangaçlığımın istemdışı eseri oldu. Eskiden bu kadar şaşkınlıklara düşmez, suçlarımı daha içtenlikle itiraf ederdim; çünkü onları affettirecek nedenlerin ve içimde hissettiklerimin fark edileceğinden hiç kuşkum yoktu fakat kötülüğün gözü beni incitti ve canımı sıktı ve şaşırdım; mutsuz oldukça, çekingenliğim arttı ve sadece çekingenlik yüzünden yalan söyledim.

Yalana karşı doğuştan olan nefretimi en çok, İtiraflar'ımı yazarken hissettim; çünkü yalan söylemek isteği ve fırsatı -yalana eğilimim olsaydı- en çok onda ortaya çıkardı fakat aleyhimde olan konularda susmak, bu konuları gizlemek bir yana, belki de taklitçilik nefretimden kaynaklanan ve kendime açıklamakta zorlandığım bir fikir değişikliğiyle, kendimi aklamada gösterdiğim hoşgörüden çok, kendimi suçlamada sertlik göstererek, aksi yönde yalan söylemeye yöneldiğimi hissetim; öyle ki; vicdanım bir gün kendi kendimi yargılamadığımdan daha az bir sertlikle yargılanacağım konusunda bana güvence veriyor. Evet, ruhumdaki büyük gururla söylüyor ve hissediyorum ki, bu eserimde, iyi niyeti, gerçekliği, açıkkalpliliği başka hiçbir insanın cesaret edemeyeceği kadar ileri götürdüm. İyinin kötüye üstün geleceğine inandığım içindir ki her şeyi söylemeyi menfaatime uygun gördüm ve her şeyi söyledim.

Olaylar konusunda değilse de koşullar konusunda asla eksik söylemedim, hatta bazen fazla söyledim. Bu tür bir yalan çeşidi de isteğe bağlı bir eylemden çok, hayal gücümün bir tür saçmalamasıdır. Hatta bu ilavelere yalan demekle aslında haksızlık ediyorum; çünkü bunların hiçbiri yalan değildir.

'İtiraflar'ımı yazdığımda artık yaşlanmış, hepsini denediğim hayatın boş zevklerinden bıkmıştım. Kitabımı hiçbir belgeye dayanmadan yazıyor, yalnız belleğime başvuruyordum. Belleğim anıları çoğunlukla anımsamıyor, bazen de eksik anımsıyordu ve ben bu boşlukları bu anıların yerini doldurmak için hayal ettiğim, ancak onlara ters düşmeyen ayrıntılarla dolduruyordum. Hayatımın mutlu anları üzerinde durmaktan hoşlanıyor ve onları, bana hafif hüzün veren süslemelerle güzelleştiriyordum. Unuttuğum şeyleri, bana göre olmuş olmaları gerektiği gibi, belki de gerçekten oldukları gibi fakat hatırladığımdan asla farklı olmayan bir şekilde söylüyordum. Bazen, gerçeklere kendilerine özgü olmayan bir çekicilik ekledim, ancak zaaflarımı örtmek veya kendimi erdemli göstermek için asla gerçeğin yerine yalanı koymadım.

Kendimi cepheden değil de profilden göstererek, bazen istemeden çirkin tarafımı sakladıysam, bu tür gizlemeleri bunlardan daha tuhaf ve kötüden ziyade iyi olanlar hakkında konuşmamı engelleyen diğerleri telafi etmiştir. Huyumun bu tuhaflığına inanmak belki zordur fakat inanılmaz olması, gerçek olmadığı anlamına gelmez. Kötü olanı çoğu zaman bütün çirkinliğiyle söyedim ama iyi olanı çok ender olarak bütün hoş yönleriyle gösterdim. Hatta beni fazla onurlandırdığı için çoğunlukla bu konuda sustum; çünkü o sıralar, İtiraflar'ımı yazdığım için, kendimi övüyor gibi görünmek istemedim. Gençlik yıllarımı, kalbimi donatan iyi niteliklerle övünmeden, hatta bunları belli edecek olaylara bile değinmeden anlattım. Bu olaylardan hatırladığım ikisi, şimdi yazarken aklıma gelen, ancak yukarıdaki nedenlerden dolayı bahsetmediğim, ilk çocukluk yıllarıma ait olaylardır.

Bütün pazar günlerimi, Les Paquis'de, halalarımdan biriyle evli olan ve orada bir bez dokuma fabrikası bulunan Mösyö Fazy'nin evinde geçirirdim. Bir gün, cila silindirlerinin bulunduğu kurutma odasındaydım ve dökme demirden olan merdanelere bakıyordum. Parlaklıkları gözlerimi kamaştırıyordu, üzerlerine parmaklarımı koymaktan kendimi alamayıp, onları zevkle silindirin kaygan zemininde gezdirmeye başladım. Bu sırada çarkın başına geçmiş olan genç Fazy, ona bir çeyrek turluk dönüş verdi; ancak bunu öyle bir ustalıkla yaptı ki sadece en uzun iki parmağım silindirlerin arasına sıkıştı. Fakat bu bile, parmak uçlarının ezilmesi ve iki tırnağımın kopması için yeterli oldu. İç parçalayan bir çığlık attım; Fayz derhal çarkı durdurdu ama tırnaklarımın silindirin altında kalması önlenemedi ve parmaklarımdan kan fışkırmaya başladı. Üzüntüden yıkılmış bir halde olan Fazy bir çığlık attı, çarktan indi, bana sarıldı ve mahvolduğunu söyleyerek, susmam için bana yalvardı. Acımın en şiddetli olduğu noktada, onun acısı kalbime dokundu ve sustum; balık havuzuna gittik, orada parmaklarımı yıkamama ve yosunla kanı durdurmama yardım ederek, gözyaşları içinde onu suçlamamam için yalvardı. Ona söz verdim ve bu sözümü öyle iyi tuttum ki; yirmi yıl sonra bile, parmaklarımda hâlâ açıkça görülen yara izlerinin nasıl olduğunu kimse bilmez. Üç haftadan fazla bir süre boyunca yatakta kaldım, iki aydan fazla bir süre elimi kullanamadım ve hep büyük bir taşın parmaklarımın üstüne düşerek onları ezdiğini söyledim.

Oysa bu kaza, zamanlama bakımından da beni üzdü, çünkü kent soylularının askerî talim yaptıkları zamana denk gelmişti. Yaşıtım olan üç gençle bir sıra oluşturmuştuk ve mahallenin diğer gençleri ile birlikte üniforma giyerek, talime katılacaktık. Ben yatağımın içindeyken, arkadaşlarımla birlikte penceremin altından geçen taburun trampetlerini duymak bana acı vermişti.

Diğer hikâyem buna benzer, fakat daha ileri bir yaşta başıma geldi:

Pleince adlı bir arkadaşımla, Plainpalais'de çevgen oynuyorduk. Oyunda kavga çıktı, dövüşmeye başladık ve dövüş sırasında çıplak kafama elindeki tokmakla öyle bir darbe vurdu ki;

biraz daha şiddetli vursaydı, beynimi dağıtabilirdi. Anında yere yığıldım. Saçlarımın arasından dereler gibi akan kanı gören zavallı çocuğun telâşının benzerini ömrümde bir daha görmedim. Beni öldürdüğünü zannetti. Üzerime kapandı, beni kucakladı ve gözyaşları içinde ve yürek parçalayan çığlıklar atarak, bana sıkıca sarıldı. Ben de onunki gibi karışık ve tatlı bir heyecanla ağlayarak, tüm gücümle onu kucakladım. Sonunda, akmaya devam eden kanımı durdurmaya çalıştı ve iki mendilimizin buna yetmeyeceğini anlayarak beni yakınlarda küçük bir bahçesi olan evine sürükledi. İyi bir kadın olan annesi beni o halde görünce bayılacak gibi oldu. Ama bana pansuman yapabilmek için kendini topladı ve yaramı hafifçe ıslattıktan sonra, üzerine, mükemmel bir merhem olan ve ülkemizde sık kullanılan, alkole yatırılmış zambak çiçeklerini sardı. Onun ve oğlunun gözyaşları içime öylesine işlediler ki; onları uzun süre görmeyip, yavaş yavaş unutuncaya kadar, onu annem, oğlunu da kardeşim olarak belledim.

Diğer kazayı da bir sır gibi sakladım ve başıma buna benzer birçok olay daha geldi; ancak karakterimin iyi taraflarını sergilemeyi pek istemediğim için, 'İtiraflar'ımda bunlardan bahsetmeye bile yeltenmedim. İyi bildiğim gerçeğe aykırı konuştuğum zaman, bu ancak önemsiz konularda olmuştur ve bunun nedeni, kendime ve başkalarına yarar veya zarar sağlamaktan çok, söylenecek bir şeyler bulma ihtiyacı ve yazma zevkidir. Ve gün gelir, herhangi biri 'İtiraflar'ımı tarafsız bir gözle okuyabilirse, yaptığım itirafların, daha büyük kötülükler oldukları halde, söylenmesi daha az utanç verici olan ve yapmadığım için söylemediğim kötülüklerden daha aşağılayıcı ve daha üzüntü verici olduğunu hissedecektir.

Bütün bu düşüncelerden çıkan sonuç, benim kendime iş edindiğim doğruluğun, olup bitenlerin doğruluğundan çok, hakbirlik ve eşitlik duygularına dayandığı ve beni, bunu uygularken gerçeğin ve yalanın soyut kavramlarından çok, vicdanımın ahlâkî emirlerini izlediğimdir. Çok sık masal anlattık fakat çok az yalan söyledim. Bu ilkelere uymakla kendimi saldırılara açık hale getirdim ama kimseye zarar vermediğim gibi, hakkım olandan fazla hiçbir üstünlük de sağlamadım. İşte bu yüzden bana göre gerçek, bir erdemdir.

Diğer bütün yönlerden gerçek, bizim için, kendisinden ne iyilik ve ne de kötülük gelen, sadece fizik ötesi bir varlıktır.

Buna rağmen, beni suçsuz gösteren bütün bu ayrıntıların, gönlümü yeterince memnun edemediğini hissediyorum. Başkalarına borçlu olduklarımı o kadar özenle tartarken, kendi kendime ne borçlu olduğuma iyice baktım mı? Başkaları için adil olmak gerekiyorsa, insanın kendisi için de doğru olması gerekir. Bu, dürüst bir adamın kendi onuru hesabına ödemesi gereken bir saygı borcudur. Sohbet ederken söyleyecek bir şey bulamadığım için masum hikâyeler uydurduğum zaman herhalde hata ettim; çünkü başkalarını eğlendirmek için insan kendi kendini küçük düşürmemelidir ve zevk seline kapılmış bir halde gerçek olayları hayali olaylarla süslerken daha da büyük bir hataya düşüyordum; çünkü gerçeği masallarla süslemek, onu çarpıtmaktır.

Ama affedilmeyecek bir taraf varsa, o da seçmiş olduğum davranış ilkesidir. Bu ilke, beni gerçeğin en uygun şekilde uygulanması için diğer insanlardan daha fazla zorluyor ve çıkarlarımla eğilimlerimi, her alanda, onun uğruna feda etmem yetmezmiş gibi, ona zaaflarımı ve utangaç tabiatımı da feda etmem gerekiyordu. Her zaman ve her durumda doğru olmak cesaretine ve gücüne sahip olmak gerekiyordu; kendini gerçeğe adamış bir ağızdan ve bir kalemden, ne uydurma, ne masal namına bir şeyin çıkmaması gerekiyordu. Bu gurur dolu ilkeyi benimsediğimde kendime söylemem gereken buydu ve onu taşımaya cesaret edene kadar bunu kendime durmadan tekrarlamam gerekiyordu. Aldatma eğilimi asla bana yalan söyletmedi, bunların hepsine zayıflığım neden oldu fakat bu beni yeterince mazur göstermiyor. Zayıf bir ruhla insan en fazla kendini kötülüklerden korur fakat büyük erdemleri uyglamaya cesaret edebilmek için kibirli ve gözü pek olmak lazımdır.

İşte bunlar, şayet Rahip Rosier telkinde bulunmasaydı, muhtemelen aklıma gelmeyecek düşüncelerdi. Onları kullanmak için, şüphesiz artık çok geç; fakat hatamı düzeltmek ve irademi yeniden düzene sokmak için geç olmayabilir. Çünkü bundan sonra bana bağlı olan tek şey bu. Bu ve buna benzer her durumda, Solon'un özdeyişi her yaş için uygulanabilir: Düşmanlarından olsa bile, doğru öğrenmek, alçakgönüllü olmak ve daha az mağrur olmak için, hiçbir zaman geç değildir.

ONUNCU GEZİNTİ

Paskalya'ya rastlayan bugün, Madem de Warens'le ilk kez karşılaşmamın ellinci yıl dönümü. Yüzyılın başında doğduğu için, o tarihte yirmi sekiz yaşındaydı. Ben daha on yedimi tamamlamamıştım ve henüz yeni yeni oluşmaya başlayan ve yeterince tanımadığım mizacım, doğal olarak hayat dolu olan kalbimi yeni bir ateşle yakıyordu. Madame de Warens'in heyecanlı ama nazik, alçakgönüllü, aynı zaman da yüzüne bakılır bir genç adama ilgi göstermesi yeterince şaşırtıcı olsa da akıl ve zarafetle donanmış çekici bir kadının, bana minnettarlıkla birlikte, farkına varamadığım daha sıcak duygular ilham etmesi çok daha az şaşırtıcı değildi. Ama daha olağandışı olan, onunla tanıştığım o ilk anın bütün hayatımı belirlemesi ve kaçınılmaz bir olaylar zinciriyle ömrümün geri kalanının yazgısını çizmesidir. Fiziksel gelişimimin en önemli yeteneklerini daha ortaya koyamadığım ruhum henüz şekillenmemişti. Ruhumun sabırsızlıkla, şekilleneceği anı bekliyordu fakat bu tanışma ile hızlansa da bu an beklenildiği kadar çabuk gelmemişti; aldığım terbiyenin gereği olan sade yaşam biçimi sayesinde aşkın ve masumiyetin aynı yürekte barındığı, nefis ama çabuk geçen bu durumu benim için uzun süre devam ettiğini gördüm. Madame de Warens beni uzaklaştırmıştı fakat her şey beni ona çağırıyor, benim de dönmem gerekiyordu. Bu dönüş, kederimi belirledi ve ona sahip olmadan çok önce bile, uzun süre sadece onunla ve onun için yaşadım. Ah, keşke, onun benim kalbime yettiği gibi, bende onun kalbine yetseydim! Birlikte ne rahat, ne muhteşem, günler geçirecektik! Böylesini tatmadık değil fakat nasıl da kısa sürdüler, çabucak geçtiler ve nasıl bir kader izledi onları! Kusursuz ve engelsiz, tamamen kendim olduğum ve gerçekten yaşadığımı söyleyebildiğim, hayatımın bu eşsiz ve kısa dönemini, sevinç duymadan ve duygulanmadan hatırladığım gün yoktur. Vespasien zamanında azledilerek, son günlerini köyde geçiren garnizon komutanı gibi, "Yeryüzünde yetmiş sene geçirdim ve sadece yedi sene yaşadım," diyebilirim. Bu kısa ama değerli dönem olmasaydı, belki de hakkımda kesin bir fikre sahip olamayacaktım; çünkü ömrümün geri kalanında zayıf ve dirençsiz olduğumda başkalarının tutkuları ile o kadar kışkırtıldım, itilip kakıldım, sağa sola çekildim ki bütün bu süre içinde acımasız yoksulluğun üzerimdeki baskısı hiç azalmadığından, bu kadar fırtınalı bir hayatın içinde her şeye boğun eğmem nedeniyle davranışlarımda irademe bağlı olanı ayırt etmekte zorlandım. Fakat gönül çelen ve tatlı bir kadın tarafından sevildiğim şu birkaç yıl boyunca, yapmak istediğimi yaptım, olmak istediğim gibi oldum ve boş zamanlarımı kullanıp, onu örnek alarak ve onun verdiği derslerin yardımıyla, henüz naif ve taze olan ruhuma, kendisine daha uygun olan ve her zaman koruduğu bir biçim vermeyi başardım. Yüreğimde yalnızlık ve düşüncelere dalma zevki, onu beslemek için yaratılmış açık yürekli ve müşfik duygularla birlikte doğdu. Karmaşa ve gürültü bu duyguları sıkar, boğar; dinginlik ve huzur ise yeniden canlandırır ve coşturur. Sevmek için düşüncelere dalmaya ihtiyacım var. Anneciğimi kırlarda yaşamaya teşvik ettim. Bir vadinin yamacında, herkesten uzak bir ev barınağımız oldu ve dört beş yıllık bir zaman süresince, bana yüz yıl gibi gelen bir hayatın ve bütün çekiciliğiyle bugün ki korkunç yazgımı unutturan saf ve eksik bir mutluluğun zevkini yaşadım. Gönlüme göre bir arkadaşa ihtiyacım vardı; öyle biri yanımdaydı. Kırda yaşamak istemiştim; istediğim gerçekleşmişti. Kimseye bağlı olmaya tahammül edemezdim, tamamen özgürdüm; hatta özgür olmaktan da öte, sadece kendi zevklerime bağlı olduğum için yapmak istediklerimi yapıyordum. Gönül işleri ve kır işleri bütün vaktimi dolduruyordu. Böylesine hoş olan bir durumun sürmesinden başka bir dileğim yoktu. Tek derdim, bunun uzun sürmemesinden duyduğum korkuydu ve içinde bulunduğumuz parasal sıkıntıdan kaynaklanan bu korku yersiz değildi. O andan itibaren, hem kendimi onaylayarak bu endişelerden kurtulmaya hem de bu korkunun gerçekleşmesini önlemenin yollarını aramaya başladım. Birçok yeteneğe sahip olmanın, sefalete karşı en iyi çare olduğunu düşünüyordum ve boş vakitlerimi, kadınların en iyisinden gördüğüm yardımı –mümkünse- bir gün, kendisine iade edebilecek bir duruma gelmek için değerlendirmeye karar verdim.

TOLSTOY
₺5,95
ÖZEL FİYAT
BİR GENCİN DRAMI
Neden?

MAUPASSANT
₺5,95
ÖZEL FİYAT
BİR MUCİZEDİR YAŞAMAK
Neden?

MEVLANA
₺5,95
ÖZEL FİYAT
GÜL BAHÇESİ
Neden?

₺5,95
ÖZEL FİYAT
TOLSTOY
HAYATIN ANLAMI
Neden?

TOLSTOY
₺5,95
ÖZEL FİYAT
HER ŞEYE RAĞMEN
SEVGİ
Neden?

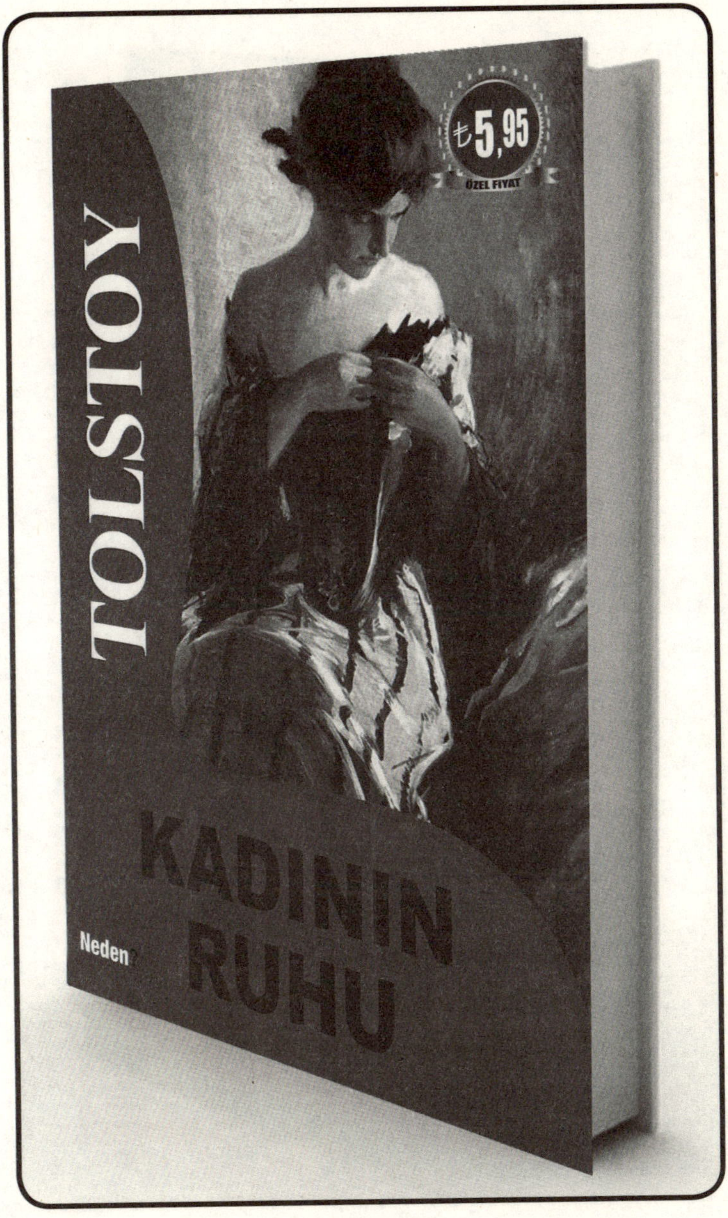

TOLSTOY
₺5,95
ÖZEL FİYAT
KADININ
RUHU
Neden?

₺5,95
ÖZEL FİYAT
ÇEHOV
KİME ANLATSAM
KEDERİMİ
Neden?

DOSTOYEVSKİ
₺5,95
ÖZEL FİYAT
MUTLULUĞUN KIYISINDA
Neden?

JACK LONDON
₺5,95
ÖZEL FİYAT
ÖLÜME
BOYUN EĞMEYEN
ADAM
Neden?

RUBAİLER
Neden?
ÖMER HAYYAM
6,95 ₺
ÖZEL FİYAT

BÖYLE BUYURDU
ZERDÜŞT
Neden?
NIETZSCHE
6,95 ₺
ÖZEL FIYAT

DENEMELER
Neden?
MONTAIGNE
6,95 ₺
ÖZEL FİYAT

FELSEFENİN
BAŞLANGIÇ İLKELERİ
Neden?
GEORGES POLITZER
6,95 ₺
ÖZEL FİYAT

FELSEFENİN
TEMEL İLKELERİ
Neden?
GEORGES POLITZER
6,95 ₺
ÖZEL FIYAT

Mevlana
Dergahından
Sözler
Dr. YAŞAR ATEŞOĞLU
Neden
6,95 ₺
ÖZEL FIYAT

Mevlana
Dergahından
Hikayeler
Dr. YAŞAR ATEŞOĞLU
Neden
6,95 ₺
ÖZEL FIYAT